Clara Maria Bagus

Vom Mann, der auszog, um den Frühling zu suchen

Clara Maria Bagus

Vom Mann, der auszog, um den Frühling zu suchen

Eine Reise zur Leichtigkeit

Allegria

MIX
Papier
FSC FSC® C083411

4. Auflage 2016

Allegria ist ein Verlag der Ullstein Buchverlage GmbH

ISBN 978-3-7934-2307-2

Umschlaggestaltung: ZERO GmbH, München
Gesetzt aus der Minion
Satz: Keller & Keller GbR
Druck und Bindearbeiten: CPI books GmbH, Leck
Printed in Germany

Wie ein Frühlingswind,
nicht mehr zu sehen, aber immer zu spüren.
Im Gedenken an meine Mutter.

1. Kapitel

Der Morgen riss die schwarze Nacht vom Himmel. Blässe von Horizont zu Horizont. Diese unendliche Palette an Graustufen. Die Wolkendecke erlaubte nicht die kleinste Lücke, durch die ein Sonnenstrahl sich hätte drängen können. Winter – noch immer.

Der Frost bedeckte die Landschaft mit seinem Kleid aus Eis und erstickte alles Leben. Kein einziger Vogel war zu sehen, weder Bäume noch Sträucher blühten. Die Welt als Bleistiftzeichnung. Als wäre die Zeit eingefroren. Außer der klirrenden Kälte hörte man nur den Wind. Garstig fegte er über das Land, sein Atem so eisig, dass alles unter ihm erstarrte.

Still saß der Mann am Fenster, die Hände um eine Tasse Tee geschlungen, und wartete. Doch er kam nicht, der Frühling. Es war, als ob er diesen Teil der Erde vergessen hatte.

Der Mann wusste nicht, was er gerade dachte. Er beugte seinen Kopf über den Tee: Dampfwolken über der Tasse. Ab und an eine Lücke, darin schwach und zitternd der Abglanz seines Gesichts. Sein Spiegelbild zeigte ein Abbild weniger dessen, der er war, als vielmehr dessen, zu dem ihn das Leben gemacht hatte. Eine matte Schwärze hockte in seinen Augen.

Nach einer Weile hob er den Kopf und stützte ihn in die Hände. Verloren blickte er nach draußen in den Garten voller Schnee und Eis. Die Zweige der Bäume wie mit Tusche in den blassen Himmel gezeichnet, die Stämme in Eis gefasst wie Flaschen aus grauem Glas.

In den tiefsten Winkeln seiner Gedanken erinnerte er sich, wie er sich in jungen Jahren eine blühende, fabelhafte, grenzenlose Landschaft an Möglichkeiten erträumt hatte, ein prächtiges Leben, das ihm zwar noch nicht gehörte, er sich aber nur noch pflücken musste. Man sah ihn an und fand es in seinen Augen.

Nun saß er da. In der Mitte des Lebens. Der Glanz in seinen Augen war erloschen. Was war nur aus seinen Träumen geworden? Wie konnte ihm das Leben so entrinnen? Wer war er überhaupt?

Mit beiden Händen nahm er seine Brille ab, als wolle er die Schwere aus seinem Gesicht ziehen. Dann griff er nach der Tasse und führte sie zum Mund. Er trank den Tee aus und mit dem Tee sein Spiegelbild.

Und dann, plötzlich, draußen auf dem Fenstersims ein Vogel. Bunt wie ein Malkasten. Noch nie hatte er einen prächtigeren Vogel gesehen. Er war handgroß, zierlich, und sein Gefieder leuchtete wie ein Feuerwerk.

Durch die Scheiben hindurch hörte der Mann, wie der Vogel zu zwitschern begann. Mit einem Mal legte sich der Wind und stellte seinen frostigen Atem ein. Der Gesang des Vogels war so lieblich, dass sogar die eine oder andere Blume den Kopf aus der Erde streckte. Der Mann öffnete ganz leise das Fenster. Ein betörender Duft von Frühling umfing ihn – eine Sinfonie aus süßen Blüten, würzigen Gräsern und feuchtem Moos.

Einen Augenblick später breitete der Vogel seine Flügel aus, flog zur Magnolie im Garten und ließ sich in der Baumkrone nieder. Sofort brach der Baum in Blüten aus. Der Mann rieb sich die Augen – was nichts am Bild änderte. Dann schwang sich der Vogel erneut auf und näherte sich wieder dem Fenster. Er schlug mit den Flügeln, als wolle er dem Mann etwas mitteilen, und so unerwartet, wie er gekommen war, schwirrte er davon. Gleich darauf zogen die Blüten ihre Köpfe ein, und es wurde wieder Winter – im Baum, im Garten, in diesem Teil der Welt.

Der Mann stieß sich von der Tischkante ab, sprang auf und lief zur Tür. Hastig drehte er den Schlüssel. Kaum war die Tür auf, eilten seine Augen dem Vogel nach. Sie folgten seinem Flug, bis er kaum noch zu sehen war.

Auf dem Feld am Waldrand ließ sich der leuchtende Zauber in der Krone eines Kirschbaums nieder. Im selben Moment färbte sich der Baum in sattes Grün. Aus den Zweigen sprossen Blüten wie Perlen. Wie Puderzucker rieselte ihr Duft auf die Erde hinab.

Gefesselt von der Magie des wundersamen Vogels, überlegte der Mann nicht lange. Er rannte ins Haus zurück, zog sich den wärmsten Pullover an, der grad zu finden war, stieg in seine Stiefel, schlüpfte in den Mantel und schnürte sich den Rucksack um. Dann löschte er das Feuer im Kamin, die Kerzen auf dem Tisch und schritt hinaus in die zähe Kälte. Die Tür fiel ins Schloss. Er stapfte die Treppe hinunter auf den vereisten Weg, der zum Wald führte.

Der Vogel saß noch immer zwischen den Kirschzweigen und sang. Als sich der Mann dem Baum näherte, breitete der Vogel erneut seine Flügel aus und flog vom Ast. Auch diesmal rollten sich die Blätter des Baumes wieder ein, und die Blüten krochen zurück in ihre Knospen. Der Duft von Frühling lag noch einige Augenblicke auf der Schneedecke, bevor er verging.

Der Mann kniff seine Augen zusammen. Wie konnte das bloß sein? Er schaute dem Vogel nach, wie dieser im Wald verschwand. Forsch schritt der Mann voran. Sein Blick klebte am Himmel auf der Suche nach diesem merkwürdigen Zauber.

Im Wald war es düster und klirrend kalt. Eiszapfen hingen wie Dornen von den Ästen, und die Schneedecke hatte den Waldboden so dick verpackt, dass der Mann mit jedem Schritt stiefeltief in sie einsank. Immer wieder blitzte der Vogel auf, um gleich wieder hinter Baumwipfeln zu verschwinden. Unermüdlich stapfte der Mann weiter. Der Schnee knirschte unter seinen Sohlen. Die Luft war so eisig, dass er sie als beinahe undurchdringlichen Widerstand empfand.

Nachdem er dem Vogel viele Stunden ohne Rast gefolgt war und seine Beine mit jedem Schritt tiefer in den Schnee einsanken, erblickte er in der Ferne eine alte Holzhütte, auf deren Giebel sich der Vogel niedergelassen hatte. Auf einmal schmolz der Schnee vom Dach, und die Eiszapfen krachten zu Boden.

Wenig später erreichte der Mann die Hütte. Kaum zu glauben: Die vom Dach gefallenen Eiszapfen waren allesamt weggeschmolzen, aus der feuchten Erde dampfte es frühlingshaft, und ringsherum traten Krokusse zutage. Doch nur wenige Schritte von der Hütte entfernt herrschte noch immer tiefster Winter.

Er trat ein. Ein Stuhl und ein Tisch standen neben dem Fenster, in der Ecke ein Kamin, vor dem noch etwas Brennholz lag, und neben dem Kamin ein Bett. Erschöpft ließ er sich darauffallen. Mit letzter Kraft erhob er sich noch einmal, kramte in seinem

Rucksack nach Streichhölzern und einem Blatt Papier, legte Holz auf und machte Feuer. Dann tauchte ihn die aufsteigende Wärme in einen tiefen Schlaf.

2. Kapitel

Das Feuer war schon eine Weile erloschen, als der Mann erwachte. Er rieb sich die Augen.

Lange musste er geschlafen haben. Durchtränkt von Traumfetzen griff er nach seiner Taschenuhr. Sieben Uhr. Er stieg aus dem Bett und stieß die Tür der Holzhütte auf. Draußen Morgendämmerung. Ein zäher, dunkler Winter. Nein, nicht ganz. Da stand ein Baum in leuchtendem Grün – eine Waldkiefer, der einzige Baum weit und breit, der den Mantel aus Schnee abgelegt hatte – und der Zaubervogel hockte in ihrer Krone und zwitscherte. Der Mann wusste zwar nicht, was es mit diesem Vogel auf sich hatte, und verstand auch nicht die Bedeutung des Gesangs, aber er spürte, dass der Vogel eine Art Botschafter war.

Entschlossen, diesen Vogel nie wieder aus den Augen zu verlieren, packte der Mann seine Sachen zusammen. Aus seinem Rucksack kramte er ein schwarzes Notizbuch hervor, schlug es auf und zeichnete eine Karte. Darauf markierte er sein Haus und den Weg, den er am Vortag bis zu dieser Hütte zurückgelegt hatte. Dann klappte er das Notizbuch zu, verstaute es in seiner Hosentasche, schwang den Rucksack über die Schultern und zog los.

Der Mond schwebte noch immer wie eine silberne Scheibe knapp über dem Horizont. Der Weg zum Vogel war eisglatt. Auf der Fläche spiegelte sich das Mondlicht, bis es vor jener gelb-rot blühenden Kiefer, in der der Frühlingsvogel saß, im geschmolzenen Eis erlosch.

3. Kapitel

Die Landschaft, durch die der Mann wanderte, war karg, leblos und grau, verwandelte sich aber in einen farbenprächtigen Landstrich, sobald der Vogel einen Ast, einen Busch oder einen Halm streifte. Durch die zarteste Berührung seiner Federn brach der Frühling aus und zog sich wieder in sein Versteck zurück, sobald er weiterflog. Gefangen von der Magie, die dieses Schauspiel versprühte, hielt der Mann immer wieder inne und staunte. Und immer wieder blieb er stehen, um den zurückgelegten Weg in seinem Notizbüchlein zu markieren. Weil ihm die Gegend zunehmend fremder wurde, nutzte er die Sonne zur Orientierung.

Er war viele Stunden durch den Schnee gestapft, als er an eine alte Mühle gelangte. Der merkwürdige Vogel ließ sich auf dem benachbarten Feld nieder. Die Sonne stand im Zenit. Dort, wo Frost und Eis gerade noch jegliches Leben in einen Winterschlaf versetzt hatten, brach der Boden auf, und kräftige Weizenhalme sprossen heraus. Der Mann staunte: Binnen weniger Minuten hatte sich vor ihm ein Ackerland aus erntereifem Weizen ausgerollt. Mit flacher Hand strich er über die gedrungenen Ähren. Die sonnengereiften Körner rochen so würzig wie ofenfrisches Brot. Ein Knarren riss ihn aus dem Staunen.

»Guten Tag, Reisender«, rief ihm jemand entgegen. Der Mann sah sich um. Der Müller lugte durch die Tür. Sein Blick verriet die freundliche Gelassenheit eines Menschen, die aus einem erfüllten Leben anstrengender und ehrlicher Arbeit erwächst.

»Guten Tag«, erwiderte der Mann.

»Du kommst gerade recht«, sagte der Müller, »du kannst mir bei der Ernte helfen. Der Bauer, der einst das Land bestellt hat, lebt nicht mehr, und meine Mühle hat ihren Geist aufgegeben.«

»Tut mir leid, ich habe keine Zeit zu verlieren. Ich bin in Eile.«

»Manchmal verliert man Zeit, wenn man in Eile ist.«

»Es geht wirklich nicht. Ich muss einem rätselhaften Vogel folgen, der dein tristes Ackerland gerade in dieses fruchtbare Weizenfeld verwandelt hat. Ist das nicht unglaublich! Dort, wo vorher noch karger Boden lag, steht die Frucht jetzt in herrlicher Dichte. Siehst du ihn, den Vogel? Dort drüben kreist er über dem Feld, und er wird sicher gleich weiterfliegen. Wenn ich mich hier zu lange aufhalte, verliere ich ihn aus den Augen.«

»Manchmal reicht es, jemandem eine gewisse Zeit zu folgen, dann muss man wieder den eigenen Weg einschlagen. Und wie soll man den finden, wenn man den Weg eines anderen sucht?«

»Das verstehst du nicht, Müller. Ich muss los!«

»Dieser Weizen hier ist kein gewöhnlicher Weizen«, sagte der Müller und zeigte auf das Feld.

»Dieser Vogel ist kein gewöhnlicher Vogel.«

»Der Weizen steht nur wenige Stunden in seiner Reife. Wenn er in dieser Zeit nicht geerntet wird, ist seine Saat in diesem Jahr dahin.«

»Nur wenige Stunden?«

»Alles im Leben hat seine Zeit, und für manche Dinge gibt es nur eine einzige Gelegenheit. Bleibt sie ungenutzt, ist sie für immer verloren.«

»Genau darum muss ich dem Vogel folgen.«

»Was du hier siehst, ist eine ganz besondere Frucht. Wenn wir sie nicht ernten …«

»Für mich sieht der Weizen aus, als sei er ganz gewöhnlich«, unterbrach ihn der Mann.

»Um das zu beurteilen, benötigst du das Wissen über die fünf Aromen des Lebens«, sagte der Müller.

»Die fünf Aromen des Lebens?«

»Die Kenntnis über jedes einzelne Aroma zeigt sich an deinen bisherigen Lebensentscheidungen. Lass mich prüfen, wie viel du vom Leben verstehst. Sobald du eine meiner Fragen mit ›Ja‹ beantwortest, lass ich dich ziehen. Solange du mit ›Nein‹ antwortest, hilfst du mir auf dem Feld und in der Mühle. Einverstanden?«

»Also gut«, sagte der Mann, denn nun war er neugierig geworden auf das, was der Müller mit ihm vorhatte.

Der Müller verschwand in der Mühle und kam kurz darauf mit zwei Sensen zurück. Eine davon drückte er dem Mann in die Hand. »Mit dieser Sense lässt sich der Weizen ohne große Anstrengung schneiden.« Die Klinge war scharf wie ein Samuraischwert. Dann schritt er aufs Feld und begann zu mähen. Der Mann folgte ihm wortlos. In monotonen Schwüngen schnitten sie die Halme knapp über der Erde ab.

Lange Zeit schwiegen beide. Die harte Arbeit ließ keine Gedanken zu. Zum Glück war das Feld nicht allzu groß. Als die Sonne etwa drei Handbreit aus dem Zenit nach Westen gewandert war, hatten sie den Weizen bereits geerntet, zu Garben zusammengebunden, und eingefahren.

Auf dem Platz vor der Mühle hievte der Müller eine der Garben vom Leiterwagen herunter und warf sie auf das Kopfsteinpflaster. Dann zerschnitt er mit einem Bajonett die Schnur, die er erst kurz zuvor darumgebunden hatte, und breitete die Halme mit den Ähren auf dem Platz aus.

»Warum reparierst du die Mühle nicht?«, fragte der Mann.

»Herkömmliche Dinge benötigen herkömmliche Methoden«, antwortete der Müller. »Außergewöhnliches benötigt außergewöhnliche Handlungen.« Er strich sich eine Spelze aus dem Gesicht. »Du hast mir bei der Ernte geholfen, nun will ich mein Versprechen einlösen und dich ziehen lassen, sobald du eine meiner Fragen mit ›Ja‹ beantworten kannst.«

»Einverstanden«, sagte der Mann.

»Nehmen wir an, ein Fremder beobachtet dich über mehrere Tage. Könnte er aus deinen Handlungen schließen, was dir wichtig ist?«, erkundigte sich der Müller.

Der Mann rieb sich den Nacken. »Nein, das gelänge ihm nicht«, sagte er schließlich.

»Dann solltest du die Spreu vom Weizen trennen«, sagte der Müller und drückte dem Mann einen Dreschflegel in die Hand. »Nennen wir es das Herausklopfen der Essenz.«

Ohne nachzufragen, tat der Mann, was der Müller ihm aufgetragen hatte. Er verstand zwar nicht ganz, worauf er sich eingelassen hatte, aber das ungewöhnliche Wesen des Müllers machte ihn neugierig, und etwas mehr Aroma im Leben konnte er sicherlich brauchen. Mit aller Kraft schlug der Mann die Körner aus den Ähren und befreite sie von der Spreu. Anfangs kam er sich ungelenk vor, hölzern. Doch schon bald ging es besser, und die Schwünge kamen natürlich und kraftvoll. Der Müller hob unterdessen das Langstroh mit einer Heugabel ab. Schließlich fragte er weiter: »Wenn du achtsam betrachtest, womit du dich tagtäglich befasst – könntest du deine Lebensführung weiterempfehlen?«

Der Mann wunderte sich über die Frage und verneinte nach einer kurzen Denkpause.

»Dann solltest du das hier reinigen.« Der Müller deutete auf das Gemisch aus Körnern, Spreu und Spelzen auf dem Kopfsteinpflaster.

»Wie?«, fragte der Mann.

»Du musst es worfeln«, sagte der Müller und reichte ihm eine flache, aus Stroh geflochtene Schale. »Wirf die gedroschenen Ähren in die Luft. Spelzen und Spreu sind leichter als das Korn. Der Wind wird sie davontragen, und nur das Korn wird zurück in deinen Korb fallen. Nennen wir es das Einfangen des Wesentlichen.«

Der Mann warf die Ähren in die Luft und fing die Körner auf, die geradewegs in seinen Korb fielen. Da lag er, der in Schale gekleidete Weizen mit seinen spitzen Bärtchen. Der Müller schaute den Mann besorgt an.

»Wenn ich aus meiner Haut könnte, würde ich also nicht in deine schlüpfen wollen?«

»Ganz bestimmt nicht«, sagte der Mann.

»Das eigene Leben nicht weiterempfehlen zu können ist eine traurige Bilanz.«

»Was soll ich sagen, alles, woran ich in jungen Jahren geglaubt hatte, ist im Laufe der Zeit zerbrochen – wie ein Schneckenhaus, auf das man tritt.«

»Manchmal genügt ein Augenblick«, sagte der Müller.

»Nun betrachte ich mein Leben und stelle fest, dass es der Lebensentwurf anderer ist.«

»Das Leben der anderen ist das Leben der anderen. Es muss in deinem Leben doch etwas geben, was dich an dich erinnert. Was findest du, wenn du in den Spiegel siehst?«

»Gewöhnliches«, seufzte der Mann.

»Dann ist es Zeit, in die Mühle zu gehen und mit dem Sieben zu beginnen.«

»Mit dem Sieben?«

»Von den fünf Aromen des Lebens habe ich dir gerade zwei beigebracht. Es gibt noch drei weitere.«

Der Mann sagte kein Wort und folgte dem Müller.

Sie betraten die Mühle. Auf einem Tisch ein eiserner Mörser mit einem schweren Stößel. Daneben drei Siebe mit unterschiedlicher Flechtstruktur – von sehr grobem bis hin zu ganz feinem Geflecht. Der Müller deutete auf den Mörser und sagte: »Nun kannst du mit dem Ausmahlen beginnen.«

Der Mann nahm ein Sieb nach dem anderen vom Tisch, fuhr mit den Fingern über die drahtige Struktur, um sie dann, nach genauer Prüfung, wieder zurückzulegen. Schließlich griff er in die Schale, nahm eine Handvoll Weizenkörner heraus und warf sie in den Mörser. In kräftigen, gleichförmigen Bewegungen stieß er mit dem Stößel auf sie ein. Schnell war das spitze Bärtchen entfernt, das einen Teil der äußeren Schale bedeckte. Das Korn, noch völlig unversehrt, glänzte in seiner glatten Hülle. Mit dem gröbsten Sieb trennte er Körner von Hülsen. Dazu warf er das Weizen-Hülsen-Gemisch in gleichmäßigen Schwüngen im Sieb auf und ab. Die Körner verblieben im Sieb. Die zerbröselten Hülsen fielen hindurch.

»Das Sieb der Einmaligkeit«, sagte der Müller, »das Gewöhnliche gleitet durch sein Geflecht, das Einzigartige bleibt darin hängen.«

»Einmalig sein. Wenn das so einfach wäre«, sagte der Mann und warf die glänzenden Körner zurück in den Mörser.

»Jeder ist ein Kunstwerk seiner Art«, sagte der Müller, »es braucht nur Mut. Mahle weiter. Das nächste Sieb ist das Sieb des Mutes.«

Der Mann stampfte mit dem Stößel kräftig auf die Körner ein und löste die Samenschalen, bis die Mehlkörper zutage traten. Dann siebte er die Schalenfetzen aus. Die zähen Mehlkörner verblieben im Sieb des Mutes. Der Mann prüfte sie mit seinen Händen.

»Nun«, fragte der Müller, »mit dem Mut in den Händen, was meinst du fehlt dir noch?«

»Glaube.«

»An was?«

»An mich!«

»Dazu musst du loslassen, ohne dich an Sorgen festzuhalten. Bring Zuversicht in dein Leben hinein, und Gelassenheit kommt heraus.«

Der Müller zerrieb ein Mehlkorn mit Daumen und Zeigefinger, und löste das klebrige Mehl vom Keim.

»Wir kommen dem Kern näher«, murmelte er.

Dann fuhr der Mann mit dem Mahlen fort. Mit dem Stößel trennte auch er das Mehl von den Keimen. Ungewöhnlich, dass die Keimlinge dabei nicht zerbrachen. Als er nach dem dritten Sieb griff, sagte der Müller: »Das letzte Sieb. Es ist so geflochten, dass es alles hindurchfallen lässt, was einen ruhigen Geist stören würde. Es ist das Sieb der Leichtigkeit.«

Wieder siebte der Mann. Das Mehl rieselte zu Boden, die Keimlinge verblieben im Sieb.

»Schau sie dir genau an, die Keimlinge. Auch wenn der Keim nur einen winzigen Teil des Korns ausmacht, enthält er doch die Anlage für das gesamte Leben. Wer den Keimling richtig zu gebrauchen weiß, kann all seine Anlagen lebendig werden lassen.«

Die Männer sahen sich schweigend an.

»Die letzte Prise für ein volles Leben«, sagte der Müller. »Nimm die Keimlinge und zerreibe sie sanft zwischen deinen Handflächen.«

Der Mann tat es. Mit einem Mal brachen sie auf.

Staub aus feinstem Gold rieselte wie Puderzucker herab.

Der Mann prüfte staunend die goldene Farinade zwischen Daumen und Zeigefinger. Einen Moment glaubte er, im Funkeln des Staubes sein Spiegelbild zu sehen: matt im Ausdruck, leer in den Augen. Was war von ihm und seinen Träumen bloß übrig geblieben?

Nun zog der Müller einen kleinen Lederbeutel aus seiner Hosentasche, streifte mit der Handkante über den mit Goldstaub berieselten Boden und füllte das goldene Pulver in den Beutel ein. Er reichte ihn dem Mann. »Es gibt viel zu tun. Dieser Staub enthält die Aromen, die du brauchst, um zu dem zu werden, der du tief im Inneren bist. Unter den faden Kleidern, die dir das Leben angezogen hat, kannst du immer noch den finden, der du sein willst. Geh und mach dich auf die Suche!«

Der Müller öffnete die Tür und klopfte dem Mann auf die Schulter. Der Mann verließ die Mühle und setzte seinen Weg fort. Zwar hatte er den Vogel aus den Augen verloren, dafür war er sich selbst ein wenig nähergekommen. Entschlossen schritt er voran.

4. Kapitel

Unerwartet setzte die Dämmerung ein. Mehr als von der Wanderung, war der Mann erschöpft von den Erlebnissen des Tages. Noch immer in die Tiefen seines Gedankenmeeres abgetaucht, spürte er, wie ihn die Müdigkeit einholte.

Seit Verlassen der Mühle hatte er einen weiten Weg zurückgelegt – ohne eine einzige Spur des wundersamen Vogels. Doch der Mann war voller Hoffnung und guten Mutes. Er würde ihn finden. Immerhin war seine Hosentasche gefüllt mit einem Beutelchen voller Magie.

Es hatte sich gelohnt, innezuhalten und dem Müller zuzuhören. Der Müller hatte ihm nicht nur einen Hauch von Zauber mit auf den Weg gegeben, sondern ihn auch viel gelehrt. Er hatte ihn gelehrt, die Welt wieder mit eigenen Augen zu sehen und achtsam zu sein. Wenn er zukünftig umsichtig genug wäre, würde er den Vogel finden. Da war er sich sicher.

Er kam an vielen Abzweigungen vorbei. Bedacht hielt der Mann nach Zeichen des Frühlings Ausschau. Er wusste, er musste nur den Weg einschlagen, an dem der Frühling seine Spuren hinterlassen hatte. Dort, wo hier und da eine Blume aus dem Winterschlaf gekrochen war, musste der geheimnisvolle Vogel das Land gestreift haben.

Zuversichtlich wanderte er weiter, bis es immer dunkler wurde und er sich in Träumereien verlor. Seine Achtsamkeit für den Weg, der vor ihm lag, ließ nach. So fand er sich nach einer Weile in einer Landschaft, auf die sich die hereinbrechende Nacht mit beißender Kälte gelegt hatte. Bäume, Sträucher und Felder in starrem, frostigem Gewand. Wieder war Winter, tiefster Winter. Das konnte unmöglich die Route des Vogels sein!

Er musste sich verirrt haben. Aber wann? Wo? An irgendeiner Abzweigung musste er den falschen Weg eingeschlagen haben, ohne zu merken, dass sich das Klima allmählich veränderte. Und nun? Den ganzen weiten Weg zurückmarschieren? Er war Stunden gewandert. So viel Kraft und Zeit hatte er investiert. Wenn er jetzt umkehrte, wäre alles vergeblich gewesen. Er wäre ganz umsonst so weit gelaufen und hätte seine Vorräte nutzlos aufgebraucht. Das Gefühl, sinnlos all die Meilen gegangen zu sein, konnte er nicht ertragen. So beschloss er, in derselben Richtung voranzuschreiten. Irgendwann würde er schon wieder an eine Weggabelung kommen, die ihm in einer Richtung den Frühling verheißen würde. Er marschierte weiter.

Bereits eine Stunde später hatte die Nacht dem Himmel auch das letzte Licht entzogen – es war stockdunkel. Nur noch mit Mühe war der Weg auszumachen. Immer wieder knickte der Mann ein, weil er seinen Fuß an einem Stein oder Wurzelstock anschlug. Einmal lief er geradewegs in einen Baumstamm, und der ganze Schnee donnerte wie eine Lawine auf ihn herunter. Er fühlte das Hämmern des Pulses in seinem Kopf. Mit jedem Schlag ein Stechen, das ihn die Zähne zusammenbeißen ließ.

Weder hatte er eine Unterkunft zum Schlafen noch Vorräte für die Nacht. Um seinen Durst zu löschen, zerdrückte er mit bloßer Hand Schnee über dem Gesicht und ließ das Schmelzwasser in seinen Mund fließen. Die Kälte kroch an seinen Beinen hoch.

Plötzlich endete der Weg im Nichts – Bäume, Hecken und Geäst, so weit er tasten konnte. Eine Sackgasse. Das durfte doch nicht wahr sein. All die Meilen umsonst zurückgelegt. Er stöhnte und fluchte über sich selbst, aber der Schnee verschluckte sein Jammern. Nun hatte er keine Wahl mehr. Er musste umkehren. Den ganzen Weg zurück. Alles umsonst. Alle Zeit vertan.

Er zerrte den Rucksack von den Schultern und schleuderte ihn zu Boden. Dann setzte er sich darauf und zog den Lederbeutel mit dem Goldstaub aus der Hosentasche. Als er mit der einen Hand etwas Goldstaub zwischen Daumen und Zeigefinger nahm und in die andere Hand rieseln ließ, wurde ihm plötzlich klar, was er in seinem Leben falsch gemacht hatte:

Er hatte Richtungen gewählt, die ihm bequem erschienen, war Wegweisern gefolgt, die andere aufgestellt hatten und hatte Pfade eingeschlagen, die von den Fußspuren anderer ausgetreten waren. Und das Schlimmste: Er hatte nie korrigiert. Selbst als er sich auf Abwegen fand, war er stets weitergegangen, hatte sich durch ziellose Tage geschleppt, in der Hoffnung, es würde sich irgendwann alles von selbst zum Guten fügen. Nie war er umgekehrt, um den für ihn richtigen Weg zu suchen. Gänzlich blind für andere Perspektiven, hatte er sich ans Bestehende geklammert. Mutlos war er stets dem falschen Weg treu geblieben. So war ihm das Leben auf Irrwegen entronnen.

Eine ganze Weile blieb er auf seinem Rucksack sitzen, schlotternd – bis der Mond aufging und sein silbernes Licht über die Schneelandschaft schickte. Gerade hell genug für den Mann, um sich neu zu orientieren. In sein Notizbuch zeichnete er den Weg, den er gegangen war, ein, so gut er konnte. Dann stand er auf, verstaute den Beutel mit dem Goldstaub wieder in der einen Hosentasche, das Notizbuch in der anderen, warf den Rucksack über die Schultern und kehrte um.

5. Kapitel

Er war die ganze Nacht marschiert, als er endlich an die Abzweigung gelangte, die er am Abend zuvor übersehen haben musste. So erschöpft war er, dass er nicht einmal die Blasen an seinen Füßen spürte.

Entschieden bog er in den Weg ein. Bereits nach wenigen Meilen wurde es milder. Wie mit einem Pinselstrich unter den Himmel gemalt, zogen sich links und rechts sanfte Hügelketten am Horizont entlang. Häufig lagen noch Schneereste auf ihren Kuppen, und im Schatten, den die Hügel warfen, spiegelte sich der helle Himmel in den gefrorenen Pfützen. Glucksen von Schmelzwasser im Untergrund.

Die Schneereste auf dem Weg wurden spärlicher, und bald fand sich überhaupt kein Schnee mehr. Das Licht der ersten Sonnenstrahlen brach durch das Blätterdach der Bäume und färbte die Landschaft in das Gelb von Zitrusfrüchten. Herbstzeitlose steckten ihre Köpfe aus der Erde, die Fruchtbecher von Kastanien fielen zu Boden und sprangen auf. Das war zwar nicht der Frühling, aber es war der Herbst. »In umgekehrter Reihenfolge zum Ziel gelangen ist auch zum Ziel gelangen«, sagte er sich.

Der Tag hatte ein so helles, schönes Gesicht. Vor dem Mann tat sich eine Weite auf, die seinen Geist aufschloss. Flotten Schrittes ging er weiter, bis er an eine Bank kam, die am Wegrand stand. Er setzte sich, um sich auszuruhen. Dann zückte er sein Notizbuch und trug den Weg auf seiner Karte ein, so gut er ihn wiedergeben konnte. Er klappte das Büchlein wieder zu und schaute noch einmal dorthin zurück, wo er nicht weitergekommen war. Er hatte die Richtung geändert und sich damit die Möglichkeit geschaffen, seine Reise fortzusetzen.

Wenn dir ein Weg verschlossen ist und du glaubst, in deinem Leben nicht vorwärtszukommen, dann dreh dich um und sieh, welche Weite sich vor dir öffnet. Niemals im Leben wird dir so viel versperrt sein, dass nicht noch unendlich mehr Möglichkeiten auf dich warten, dachte er und schloss die Augen.

Die Wärme der Herbstsonne auf seiner Haut. Plötzlich ein Kribbeln. Eine Ameise flitzte über seine Hand. Schlagartig erinnerte er sich an eine Fabel, die sein Großvater ihm erzählt hatte, als er noch ein kleiner Junge war.

6. Kapitel

Es war einmal eine Ameise, die mit ihrer Kolonne durch den Wald marschierte. Plötzlich brach der unterste Ast eines mächtigen Baums ab, schlug mit bestialischer Kraft auf den Waldboden auf und begrub unter sich nahezu die gesamte Kolonie. Nur wenige der Ameisen überlebten die Katastrophe. Erschrocken vom Geschehen rannte die Ameise davon. Während sich die anderen überlebenden Ameisen sammelten und neu orientierten, versuchte die Ameise dem Schicksal zu entfliehen. Hals über Kopf hatte sie sich zu weit entfernt, und noch dazu in den Schuh eines Landwirts verirrt. So fuhr sie im Schuh sitzend mit dem Landmann aus dem Wald hinaus zu seinem Hof. Schließlich krabbelte sie aus dem Schuh. Da fand sie sich nun, weit fort von ihrem Leben, inmitten eines Kuhstalls. Ziemlich verlassen kam sie sich dort vor.

Als es Abend wurde und sie ihre Gefährten vermisste, fragte sie die Kuh: »Ich suche meine Freunde, weißt du, wo sie sind?«

Die Kuh blickte auf die Ameise herab und sagte: »Wenn du so klein bist wie eine Ameise, findest du sie sicher nicht. Du musst sein wie eine Kuh. Wir sind viel größere Tiere und haben einen besseren Überblick über das Geschehen. Komm her und krieche in mein Fell. Dann wirst du deine Freunde schon wiederfinden.«

So vergingen die Tage. Die Kuh genoss das Kitzeln im Fell, wenn die Ameise ihren täglichen Suchmarsch vom Hinterteil der Kuh zum Kopf machte, bis sie müde war. Als die Ameise nach Tagen bemerkte, dass dies nicht dabei half, ihre Ameisenkolonne wiederzufinden, krabbelte sie von der Kuh herunter, wanderte durch den Stall auf den Hof und stand plötzlich vor einem Pferd.

»Weißt du vielleicht, wie ich meine Freunde wiederfinde?«, fragte sie das Pferd.

Das Pferd nickte: »Wenn du dich verhältst wie eine Kuh, dann wirst du deine Freunde sicher nicht finden. Du musst so sein wie ein Pferd. Wir sind elegante Tiere, die täglich über die Felder galoppieren und viel weiter herumkommen als Kühe. Wenn du so bist wie ich, wirst du finden, was du suchst. Komm her und setz dich in mein Ohr. Du kannst mich ein wenig kraulen und wirst sehen: Schon bald findest du, wonach du forschst.«

So ritt die Ameise im Ohr des Pferdes tagaus, tagein über die Felder, doch ihre Freunde fand sie nicht. Als sie schließlich bemerkte, dass auch das nicht der richtige Weg war, kletterte sie aus dem Ohr des Pferdes hinab auf die Weide.

Nach einigen Stunden des Umherirrens begegnete sie einem Fuchs.

»Ich suche meine Freunde«, sagte sie zum Fuchs, »weißt du, wie ich sie wiederfinde?«

»Im Ohr des Pferdes sicher nicht«, sagte der Fuchs. »Du musst so schlau sein wie ich, dann findest du, was du suchst. Krieche in mein Fell und kitzle mich ein wenig. Lebe mit mir wie ein Fuchs, dann hast du bald, was dir fehlt.«

So krabbelte die Ameise ins Fell des Fuchses und streunte mit ihm durch die Wälder. Der Fuchs genoss den angenehmen Wegbegleiter, der ihn so herrlich kitzelte. Doch die Ameise fand ihre Kolonne nicht.

Eines Abends, die Sonne war schon hinter den Bäumen verschwunden, tappte der Fuchs in eine Falle. Er versuchte, sich mit Drehen und Wenden zu befreien, strampelte mit allen Beinen, doch es war nichts zu machen. Er war gefangen. Die Falle war eine von der brutalen Sorte. Die Metallzacken hatten so tiefe Wunden geschnitten, dass der Fuchs innerhalb weniger Stunden qualvoll verendete.

Und die Ameise? Sie blieb regungslos in seinem Fell sitzen.

Am nächsten Tag kam ein Geier herbeigeflogen. Schon aus der Ferne hatte er seine Beute – den toten Fuchs – erspäht. Als der Vogel die traurige Ameise sah, hatte er Mitleid und fragte: »Was machst denn du hier im Fell des Fuchses?«

»Ich sitze fest«, sagte die Ameise.

»Wie, du sitzt fest?«

»Na, du siehst doch, ich bin in der Falle gefangen!«

Jetzt lachte der Geier. »Du bist doch nicht in der Falle gefangen. Der Fuchs sitzt in der Falle. Du sitzt doch nur in seinem Fell. Sei eine Ameise und kriech hinunter!«

In ihrem Gefühl von Ohnmacht und der verzweifelten Suche nach Heimat hatte sich die Ameise im Leben der anderen Tiere verloren und dadurch völlig vergessen, wer sie wirklich war. Eine Ameise! Sofort fühlte sie sich lebendig und kletterte vom Fuchs herunter, zurück ins Gras. Dann fragte sie den ihr sehr schlau erscheinenden Geier: »Weißt du vielleicht, wie ich meine Ameisenkolonne wiederfinde?«

Der lachte wieder. »Weiß der Geier, wie Ameisen zueinanderfinden. Du bist die Ameise, du musst es wissen. Sei du selbst. Sei eine Ameise! Dann findest du, was du suchst. Wenn du in dich hineinhorchst, wirst du dich erinnern. Viel Glück!« Dann machte er sich an seinen Fraß.

»Ich bin eine Ameise!«, freute sich die Ameise. Und als sie sich mehr und mehr zutraute und sich wieder wie eine Ameise fühlte, spürte sie wieder ihre Fähigkeit, Duftstoffe wahrzunehmen und sich damit zu orientieren. Wie konnte ihr dieses Gespür nur abhandengekommen sein! Siehe da, nach nur wenigen Stunden war sie endlich zu Hause.

7. Kapitel

Erschöpft war der Mann auf der Bank eingeschlafen. Als er erwachte, schwirrten die Bilder der Fabel noch immer in seinem Kopf herum, bis sie sich allmählich auflösten.

Die Sonne im Zenit, ungewöhnlich trocken die Luft. Der Himmel in sattem Blau. Merklich wärmer war es. Er schaute sich genauer um. Die Blätter waren in das Rot eines Lavastroms getaucht. Die Lebenssäfte von Bäumen und Pflanzen hatten sich in ihre Stämme und Wurzeln zurückgezogen, und in einer leichten Brise tanzte der Duft von fallendem Laub. Die Herbstluft durchströmte seinen ganzen Körper, und obwohl er seit einem Tag nichts gegessen hatte, fühlte sich der Mann nun wieder kräftig genug, um seinen Weg fortzusetzen. So schwang er sich von der Bank und zog los.

Der Weg führte ihn ans Ufer eines Sees. Der See war so groß, dass sich das Ufer in der Ferne im Dunst verlor. Der Pfad schlängelte sich mal ganz nah am Wasser entlang, wo ihn die Wellen und das Gluckern unter den Steinen erquickten, mal über einen Hügel, von dem er auf den glitzernden Seeteppich schauen konnte.

Von Weitem erspähte er ein kleines Schiff, das gestrandet war. Als er näher kam, sah er, wie ein Mann in Uniform versuchte, das Schiff – ein kleines Fährboot mit Segel – aus dem Schilf zu befreien.

»Kann ich helfen?«, rief er dem jungen Fährmann zu.

»Und ob! Ich versuche schon seit Stunden, mein Boot aus dem Schilf zu stoßen.«

Der Mann eilte zum Ufer hinunter.

Der Schiffer war dünn und lang, und obwohl er noch jung war, zog sich der Haaransatz bereits weit zurück. Was an Haar vorhanden war, war strähnig und glich in der Farbe zersägtem Buchenholz – rötlich. Knopfaugen, nicht unsympathisch, aber sie machten es schwer, herauszufinden, wohin sein Blick gerade fiel. Seine Statur füllte gerade mal die Hälfte der Uniform aus, und jetzt, wo er im Wasser stand, zogen die Wellen am Saum des Jacketts wie beißende Hunde.

»Ein gestrandeter Fährmann? Sieht man selten!« Der Mann stieg mitsamt Schuhen und Kleidern ins kalte Wasser. Labsal für seine Füße.

»Kann mir das auch nicht erklären. Ich komme vom Nordufer und wollte auf die gegenüberliegende Seeseite nach Süden. Selbst für Unerfahrene keine Schwierigkeit. Und ich bin immerhin ausgebildeter Kapitän! Die ganze Nacht bin ich gesegelt, strikt nach Kompass. Und nun bin ich im Westen gelandet, obwohl ich den Süden angesteuert hatte. Ausgerechnet diesmal habe ich teure Fracht geladen, die pünktlich vor Ort sein muss – Kupfer für das Dach eines Rathauses.«

»Ist das Boot leckgeschlagen?«

»Zum Glück nicht. Um Haaresbreite wäre ich auf Grund gelaufen. Ein etwas niedrigerer Pegelstand, und der Kiel wäre auf den Steinen entlanggeschrammt. Bei allem Übel habe ich mich wenigstens nur im Schilf verheddert.«

»Dennoch ist es seltsam, dass du im Westen gestrandet bist.«

Sie hatten das Schiff jetzt schon mehrere Meter in den See hineingestoßen, aber noch schienen Schlingpflanzen und Schilf den Kiel zu fesseln.

»Bist du denn schon lange Fährmann?«

»Seit einigen Monaten.«

»Und gab es diesmal irgendwelche Ereignisse auf der Route?«

»Ereignisse?«

»Unerwartetes.«

»Lediglich, dass dieser dämliche Kompass nicht funktioniert hat.«

»Und das Wetter?«

»Der Wind hat mich überrascht«, sagte der junge Kapitän. »Es kam unerwartet Ostwind auf. Zunächst nur eine leichte Brise, die dann doch zu einer recht starken Böe wurde.«

»Auch Wind aus Osten gibt es gelegentlich.«

»Gelegentlich.«

»Hast du die unerwartete Luftströmung in deine Route einkalkuliert?«

»Wie meinst du das?«

»Na, hast du deine Route korrigiert, nach Südost?«

»Das habe ich nicht«, sagte der Schiffer mit gesenktem Kopf und hochgezogenen Schultern.

»Wenn du in den Süden willst, der Wind aber aus dem Osten kommt, dann musst du doch Südost ansteuern, um nicht im Westen anzukommen. Hat man dich das nicht gelehrt?«

Der junge Kapitän in der klatschnassen Uniform schwieg beschämt.

Bald hatten die Männer das kleine Fährboot aus dem Schilf befreit und saßen nun beide im Steuerhaus. Das Segel flatterte lose im Wind. Sie hatten ihre Schuhe ausgezogen. Die Socken hingen über die Reling. Die Herbstsonne wärmte ihre tropfenden Hosenbeine.

»Danke für deine Hilfe«, sagte der junge Kapitän und zog ein Stück Brot aus einem Beutel. Der Mann griff ordentlich zu.

»Möchtest du mit mir segeln? Du scheinst ein gutes Gespür für die richtige Route zu haben.«

»Da bin ich mir nicht so sicher«, murmelte der Mann, dessen bisheriges orientierungsloses Leben wie ein gefällter Baum auf sein Gemüt drückte.

Dann setzten sie das Segel und kreuzten in sichtbarer Distanz zum Ufer auf.

Nach wenigen Stunden waren Hosen, Socken und Schuhe trocken. Und es fühlte sich befreiend an, auf dem glitzernden Wasser dahinzugleiten. Der Mann genoss den Wind, der durch sein Hemd fuhr, um seinen Kopf wirbelte, sein Haar zerzauste und etwas von seiner Schwere davontrug.

Sie steuerten nach Süden.

»Auch ich habe mich auf meinem Weg verirrt«, sagte der Mann schließlich, nachdem beide eine Weile geschwiegen hatten.

»Waren es auch die Winde, die dich abgetrieben haben?« Der junge Kapitän justierte gerade das Segel nach.

»So könnte man es ausdrücken. Die Lebenswinde. Die Stürme, in die man unweigerlich gerät. Sie haben mich gepackt, aus meinem Leben gerissen, fortgetrieben und dort fallen lassen, wo ich nie sein wollte.«

8. Kapitel

Sie glitten über das unruhige Wasser. Ab und an kamen sie dem Ufer so nahe, dass sie Frauen sahen, die Wäsche auf Leinen zogen und Bauern, die ihre Felder beackerten. Dann wieder segelten sie so weit vom Ufer entfernt, dass die Häuser der Siedlungen kaum mehr einzeln auszumachen waren.

Nach einer Weile sagte der Mann: »Warum trägst du denn eine Uniform, so ohne Mannschaft an Bord?«

»Weil ich Kapitän bin.«

»Aber du hast ja nicht mal einen Matrosen.«

» Zu einem Kapitän gehört eine Uniform.«

»Und warum bist du Kapitän geworden?«

»Der Traum meines Vaters. Er wollte immer, dass ich Schiffer werde.«

»Und du?«

»Ich hatte nie Träume.«

»Bestimmt hattest du Träume. Sie werden uns mit der Geburt geschenkt. Jeder kommt mit seinen eigenen Träumen zur Welt. Vielleicht geht es dir wie mir, und du erinnerst dich nur nicht mehr an sie.«

»Ich habe nie wirklich darüber nachgedacht, es erschien mir am vernünftigsten, am Wunsch meines Vaters festzuhalten. Ich hatte auch keine andere Idee, wusste nicht recht, was sonst tun. So hat er mich all die Jahre dabei unterstützt, und ich konnte die Ausbildung machen, als ich alt genug war. Sie hat zehn Jahre gedauert, und vor vier Monaten habe ich das Kapitänspatent erhalten.«

»Es muss wunderbar sein, auf einem so großen See zu segeln. Aber ich wusste gar nicht, dass eine solche Ausbildung zehn Jahre dauert.«

»Nun ja, eigentlich dauert sie gar nicht so lange. Ich habe länger gebraucht. Als ich zum ersten Mal im Boot saß und selbst steuern musste, merkte ich, dass mir im Bauch ziemlich mulmig wurde, besonders wenn so richtig Wind aufkam. Mein Vater sagte, das ginge vorüber, aber ich bin diese Empfindung nie wirklich losgeworden und habe Ausbildungs- um Ausbildungsstunde immer weiter hinausgezögert. Bis heute fahre ich gar nicht so gern auf den See. Ich mache es jetzt eben, weil ich am Ziel angekommen bin und die Prüfung endlich bestanden habe. Außerdem bewundern mich alle, wenn ich sage, ich sei ausgebildeter Kapitän. Und dann erst diese Uniform!«

»Ja, diese Uniform«, sagte der Mann und ließ eine längere Pause entstehen. »Ich denke, das Leben verändert uns, und oft bemerken wir erst mit den Jahren, dass ein ursprüngliches Ziel gar nicht zu uns passt. Vielleicht hat es nie gepasst oder es passt nicht mehr.« Er starrte in den Himmel. »Vielleicht brauchst du ein neues Ziel, junger Mann.«

»Ein neues Ziel?«

»Dein eigenes Ziel, ein Ziel, das zu dem passt, der du heute bist. Mit deinem Wissen darüber, was dir nicht guttut, deinen Erfahrungen und deinen Träumen, die du noch aufspüren solltest.«

Der junge Kapitän schwieg.

»Gibt es denn etwas, das dich glücklicher machen würde, als Fährmann zu sein?«

»Das weiß ich eben nicht genau«, sagte der junge Kapitän, »daher bleibe ich Schiffer.«

»Verstehe. Es ist leicht zu wissen, was man nicht mehr will, hingegen schwer herauszufinden, wer man ist und was man sein will. Und es braucht Mut und Ausdauer, die richtige Stelle zu finden, um ins Leben einzutauchen, ohne darin zu ertrinken.«

»Suchst du sie?«

»Sagen wir es so: Ich bin aufgebrochen.«

»Und, was glaubst du zu finden?«

»Den Frühling!«, platzte es aus dem Mann heraus, was ihn selbst überraschte.

»Den Frühling? Du gehst Meilen, um den Frühling zu finden? Warum hast du nicht einfach zu Hause gewartet, bis er kommt?«

»Weil das gute Leben nicht einfach vorbeikommt«, sagte der Mann.

9. Kapitel

Vielleicht ist jede Niederlage nur das Ende von etwas Falschem und der Neubeginn von etwas Richtigem«, sagte der Mann und war selbst verblüfft von dieser Erkenntnis. Mit zusammengekniffenen Augen blickte er auf den Glitzerteppich, der wie ein riesengroßer Insektenflügel hauchdünn über der Tiefe des Sees lag. Plötzlich sprang ein Fisch aus dem Wasser, zog flappend einen kleinen Bogen und tauchte wieder ein. Eine Weile blieben seine Gedanken beim Fisch, dann wandte er sich wieder dem jungen Schiffer zu: »Lass mich dir eine Geschichte erzählen.« Der junge Kapitän lauschte.

»Es war einmal ein alter Mann, der hatte zwei Fische in einer Wanne, weil er fand, dass die Fische in einem Glas zu wenig Platz zum Schwimmen hätten. Dafür waren ihm die Fische sehr dankbar. Doch eines Tages wurde ihnen auch die Wanne zu klein, und sie fragten den alten Mann, ob es nicht möglich wäre, ihnen noch mehr Platz zu geben. Der alte Mann überlegte. Es gab nun zwei Möglichkeiten: den Teich im Dorf oder den Fluss, der durch den kleinen Nachbarort führte. Vorsichtig nahm er die beiden Fische, setzte sie in einen Eimer und zeigte ihnen Teich und

Fluss. Dann fragte er jeden der beiden Fische, wo er leben wolle.

Der eine Fisch sagte: »Im Teich! Schon als Jungfisch wollte ich in einem Teich leben.« Der Teich lag nah genug am Haus des alten Mannes – in wohlbekannter Gegend. Und außerdem wechselt ein Teich niemals seinen Ort. Es beruhigte den Fisch zu wissen, wo er Tag für Tag aufwachen würde. Der andere Fisch hatte sich noch nie Gedanken über sein Leben gemacht, und so schloss er sich seinem Freund an.

Der Alte kam den Wünschen nach und setzte die Fische in den Teich. Sie wuchsen heran. Irgendwann bot der Teich nicht mehr genügend Nahrung für beide Fische, und so verdrängte der Fisch, der immer schon im Teich leben wollte, seinen Freund. ›Der Teich hat nur Platz für einen von uns‹, sagte er, ›und weil ich es war, der immer schon hier leben wollte, musst du verschwinden.‹

Der ausgestoßene Fisch legte es nicht auf einen Kampf an. Plötzlich empfand er alles als fragwürdig – seinen Freund, seine Umgebung, sein bisheriges Leben. Verstört suchte er eine Stelle, um den Teich zu verlassen und in ein neues, in ein richtiges Leben einzutauchen. Ängstlich quälte er sich durch das Bächlein, das dem Teich entfloss – bis es schließlich in den Fluss mündete. Völlig verloren fühlte sich der Fisch darin. Alles war ungewohnt. Der Fluss war tief und breit, das Wasser wirbelte, zog hier und da Kreise, strudelte, stockte oder beschleunigte, zog ihn hinab und stieß ihn nach oben. Nie glich ein Abschnitt des Flussbetts dem anderen. Jeden Tag geschah etwas Unerwartetes. Nichts blieb dem Fisch vertraut. Orientierungslos ließ er sich treiben.

Der Fisch im Teich hingegen freute sich, an seinem Ziel angekommen zu sein. Endlich besaß er den Teich für sich allein. Täglich schwamm er seine Runden und genoss die Vertrautheit der Umgebung.

Nach einigen Monaten ging der alte Mann zum Teich, um nach seinen Fischen zu sehen. Er wunderte sich, dass er nur noch einen Fisch darin fand, und fragte diesen, ob er noch immer glücklich im Teich sei oder ob er auch im Fluss leben wolle. Der Fisch im Teich antwortete, es sei zwar eintönig, immer dasselbe zu sehen, doch müsse der Teich ja der richtige Ort für ihn sein, weil er schon immer darin leben wollte. Er entschied, im Teich zu bleiben. Der alte Mann war zufrieden und machte sich auf eine weite Reise.

Allmählich überzog ein schmieriger Film den Teich. Wochenlang hatte es nicht geregnet, und das Bächlein, das den Teich mit frischem Wasser genährt hatte, war ausgetrocknet. Das stehende Gewässer trübte ein.

Der lebendige Fluss hingegen floss durch verschiedenste aufregende Landstriche. Und mit ihm der andere Fisch. Dieser hatte sich allmählich an die neue Lebensart gewöhnt, sich darin orientiert und sie lieben gelernt. Im Fluss gab es ständig Bewegung.

Die Welt sah immer anders aus. Täglich erkundete der Fluss neue Gebiete und eröffnete dem Fisch neue Sichtweisen. Wenn es dem Fisch an einem Ort nicht gefiel, ließ er sich einfach weitertreiben, bis er an einen Ort gelangte, an dem er sich wieder wohlfühlte. Er genoss die Freiheit, die der Fluss ihm bot.

Im Teich änderte sich nichts. Wasser, Mitbewohner und Umgebung blieben gleich. Und schließlich begann das Wasser zu faulen und stank.

Am Morgen, als der alte Mann von seiner Reise zurückkam und zum Teich ging, um nach seinem Fisch zu sehen, fand er ihn leblos an der Oberfläche treiben.

Der Fisch jedoch, der im Fluss lebte, verbrachte dort viele aufregende Jahre und sah jeden Tag Neues und Wunderbares von der Welt.«

Die Männer schwiegen eine Weile. Dann sagte der junge Kapitän: »Vielleicht sollte auch ich mich auf die Suche nach der richtigen Stelle machen, um ins Leben einzutauchen.«

»Vielleicht«, sagte der Mann und streifte den schmierigen Film von seinen Gedanken ab, den die Vergangenheit darübergezogen hatte.

10. Kapitel

Am späten Nachmittag liefen sie in den Hafen einer kleinen Stadt im Süden ein. Dort wurden sie schon vom Stadtrat erwartet, der bereits am Morgen mit einem Duzend Männer gekommen war, um das Kupfer in Empfang zu nehmen. Der junge Kapitän entschuldigte sich für die Verspätung. Dann kramte er ein Messer aus seiner Hosentasche und zerschnitt die Seile, mit denen die teure Fracht gesichert war. Als der Stadtrat das Kupfer in der Nachmittagssonne glänzen sah, war sein Unmut schnell verflogen.

Der Mann indes hoffte, den seltsamen Vogel irgendwo zu entdecken. Während er hier und dort mitanfasste, wanderte sein Blick vom Kirchturm über die Giebel der Dächer zu den Schiffsmasten. Doch weit und breit keine Spur von seinem wundersamen Vogel. Obwohl – so ganz stimmte das nicht. Immerhin wurde es stetig milder und ein Hauch von Frühling lag in der Luft – glaubte der Mann zumindest, und das machte ihn zuversichtlich, den Vogel bald zu finden.

Die Fracht war entladen. Zeit, voneinander Abschied zu nehmen. Etwas Wehmut lag in den Augen von beiden.

»Ich sollte den Sprung in den Fluss wagen«, sagte der junge Schiffer mit entschlossenem Blick.

»Wenn du weiterhin Kapitän bleibst, wäre das, als würde man einen Fluss zum Stillstand zwingen wollen.«

Dann schüttelten sich die Männer die Hände, umarmten einander und schlugen unterschiedliche Richtungen ein.

11. Kapitel

Kein Vogel weit und breit und noch immer kein Frühling. Der Mann erkundete die Stadt. Nach einer Weile bemerkte er wieder, wie müde er vom weiten Weg war, den er inzwischen zurückgelegt hatte. Er traf auf ein Grüppchen tuschelnder Frauen und erkundigte sich nach einer Herberge.

»Herberge? Gibt es hier nicht«, antwortete eine von ihnen. Aber er könne es beim alten Winzer versuchen, und sie zeigten alle in die gleiche Richtung. Er wollte die schnatternden Frauen bei ihrem Plausch nicht weiter stören und ging schnellen Schrittes voran.

Die Straße lief direkt auf das Haus des Winzers zu. Es lag etwas versteckt an einem Hang, der mit Rebstöcken bepflanzt war. Das Haus selbst war von Hängebuchen umschlossen und von der Straße her kaum sichtbar. Es machte einen mürben, aber gemütlichen Eindruck. Der Mann klopfte an.

Der Winzer öffnete. Er war ein untersetzter, vollsaftiger, kräftiger Mann mit Hängeschultern und Haaren so fein wie die eines Aquarellpinsels. Seine Augen waren schwarz und flink und schienen ausschließlich aus den Pupillen zu bestehen. Netze aus roten Äderchen glühten auf seinen Wangen.

»Was führt dich in unser entlegenes Städtchen?«, fragte er den Fremden.

»Ich reise einem seltenen Vogel nach.«

»Ein Naturforscher?« Der Winzer zog die Brauen hoch.

Der Mann schwieg und genoss es, sich nicht erklären zu müssen. Außerdem war er viel zu müde.

»Hier klopft selten jemand wie du an. Komm herein und setz dich.« Dann verschwand der Winzer kurz hinter einer Türe, um mit einer Flasche Rotwein und zwei Gläsern zurückzukehren. Er setzte sich zu seinem Gast und drehte den Korken aus der Flasche. Der Korken quietschte wie ein Scharnier, das viele Jahre nicht geölt worden war, und sprang plötzlich mit einem lauten Ploppen aus der Flasche. Der Winzer schenkte ein. Er schwenkte das Glas und freute sich über die Weinschlieren, die einen vollen, guten Tropfen verhießen.

»Sehr fein«, sagte der Mann, nachdem er seine Nase ins Glas getaucht hatte.

»Der einzige Duft, den man trinken kann«, lachte der Winzer.

Der Mann nahm einen Schluck und ließ ihn langsam über die Zunge fließen. Dabei schloss er die Augen. »Köstlich! – Sag, hast du ein Zimmer für mich?«

»Wenn du möchtest, kannst du hier übernachten. Meine Zimmer sind allerdings nicht so glanzvoll, wie du es vielleicht gewohnt bist.«

»Gewohnheit, Gewohnheit …«, wiederholte der Mann nachdenklich und nahm noch einen Schluck. »Gewohnheit verändert unsere Sicht auf die Dinge. Sie stumpft unsere Sinne ab. Glückliche Zeiten bemerken wir erst, wenn sie unglücklicheren weichen. Ich habe manchmal das Gefühl, je mehr Gutes in unser Leben fließt, desto schwächer wird die Empfindsamkeit dafür.«

»Gewohnheit kann tückisch sein«, sagte der Winzer und nahm einen kräftigen Schluck aus seinem Glas, »aber auch wertvoll. Wenn du mich fragst, hat die Natur die Gewohnheit erfunden, um das Schlechte in unserem Leben aushalten zu können. Stell dir vor, fortwährendes Leid hätte dieselbe Kraft wie der erste Schlag. Kein Mensch könnte das ertragen.«

»Halten wir es aus, weil wir uns daran gewöhnen? Oder lassen wir uns selbst los, weil wir längst daran zerbrochen sind?«, fragte der Mann, als er mit dem nächsten Schluck das Glas leerte.

Der Winzer schwieg.

Allmählich lehnte sich der dunkle Abend gegen das Fenster, und seine Schwärze drückte sich durch die Scheibe.

»Wir sehen, wie sich die Sonne dem Horizont nähert und sind dann trotzdem verblüfft, wenn er sie verschluckt hat«, sagte der Winzer.

Der Mann blickte nach draußen.

»Ist es nicht wie mit unseren Träumen? Wir bemerken, wenn sie in unserem hektischen Leben allmählich untergehen, und wundern uns dennoch, wenn sie plötzlich ganz daraus verschwunden sind.«

»Du hast deine Träume verloren?«

»Ich erinnere mich nicht an sie.«

»Die eigenen Träume vergisst man doch nicht.«

»Als kleiner Junge habe ich sie aufgeschrieben – mit Tinte auf Papierschnipsel. Die Schnipsel habe ich in einer Holzschachtel aufbewahrt, für die es sogar einen Schlüssel gab.«

»Und dann?«

»Kann mich nicht erinnern. Die Holzschachtel hatte ich in einem Baumstamm im nahegelegenen Wald versteckt. Er hatte ein kleines Loch, wo ein Ast ausgebrochen war. Meine Schachtel passte genau hinein. Den Schlüssel trug ich stets bei mir. Wann immer ich einen neuen Wunsch hatte, nahm ich die Schreibfeder meines Vaters, tauchte sie ins Tintenfässchen und freute mich, wie das Blatt meine Träume aufsog. Da stand er nun, mein neuer Traum. Ich rollte das Blatt zusammen, nahm es in die Faust und hauchte ihm meinen Atem ein. Dann stapfte ich in den Wald zum Baum meiner Träume und legte das Zettelchen in die Schachtel. Bis ich vor vielen Jahren Richtungen eingeschlagen habe, in denen meine Träume keinen Platz mehr hatten. Auch glaubte ich nicht mehr so richtig an die Träume, ich meine, Träume in einer

Kiste aus der Kindheit. – So tat ich, was die meisten tun: Ich vergaß, was mich ursprünglich angetrieben hatte. Hinzu kam der Gedanke, die Ernüchterung würde mich früher oder später ohnehin einholen – was ja auch geschah. Die Wirklichkeit triumphierte über meine Träume. So habe ich im Lauf der Zeit die Schachtel vergessen und den Schlüssel verloren. Das Einzige, woran ich mich erinnere, ist, wie er aussah, der Schlüssel. Der Halm war lang, am Ansatz leicht verdickt, der Bart hatte vier Zacken, die Räute hatte die Form eines dreiblättrigen Kleeblatts und war mit einer grünen Schlüsselquaste verziert.«

»Und du würdest den Weg zu diesem Baum nicht mehr wiederfinden?«

»Vergessen.«

»Können wir wirklich die Orte vergessen, an denen wir unsere Träume aufbewahrt haben?«

Der Mann schwieg.

»Zeit, schlafen zu gehen«, sagte er schließlich. Er dankte dem Winzer für Gespräch und Gastfreundschaft. Dann stieg er eine knarrende Treppe nach oben, wo sich die Schlafräume befanden.

Sein Zimmer war winzig und stickig. Es hatte eine Dachschräge mit einem Fenster über dem Kopfende des Bettes, durch das er die Sterne betrachten konnte. Die Nacht war klar wie Kristall. Im Zimmer war es so ruhig, dass man die Stille förmlich hören konnte. Er vergrub sich unter der Decke.

Als er eine Weile durch das Fenster in den Himmel gestarrt hatte, griff er in seine Hosentasche und zog das Beutelchen mit dem Goldstaub heraus. Er steckte seine Nase in den Beutel und nahm einen tiefen Atemzug. Er dachte an den Vogel, und es war ihm, als ob er den Frühling riechen konnte.

12. Kapitel

Das Klopfen von Wassertropfen weckte ihn. Ein undichtes Dach. Das Wasser des Morgentaus rann durch die Ziegel. Ein Tropfen nach dem anderen schlug auf dem Holzboden auf, um dort zu zerspringen und in den Brettern einzusickern. Ein dunkler schwarzer Fleck hatte sich gebildet.

Im Zimmer roch es vermodert, was der Mann am Vorabend gar nicht wahrgenommen hatte. Er starrte auf den nassen Fleck im Holzboden und untersuchte, wie das Wasser das Holz an dieser Stelle verändert hatte. Er fragte sich, ob Fäule wohl auch die Seele befällt, wenn unser Herz porös geworden ist und Dinge eintreten lässt, die unser Wesen verkommen lassen. Wie habe ich nur so lange so leben können, dachte er erschrocken. Orientierungslosigkeit, das Gefühl von Ohnmacht, die Gewohnheit und schließlich das unaufhörliche Tropfen fremder Einflüsse hatten ihn mitsamt seinen Träumen erstarren lassen. Er stützte sich mit den Händen auf die Bettkante und blickte auf seinen Rucksack, der über dem Stuhl hing.

»Manchmal braucht es Stille und Alleinsein, damit wir uns erinnern und die Träume in uns erwachen können«, murmelte er. »Erst wenn wir uns ehrlich betrachten und uns selbst vertrauen, werden wir unseren Weg zum guten Leben finden. Das erfordert Mut, die Dinge anders zu sehen als die anderen, und anders, als wir es gewohnt sind.«

Er stand auf, packte seine Sachen zusammen, schnürte sich den Rucksack um und kletterte die steile Holztreppe hinab zur Gaststube.

»Zeit aufzubrechen und wiederzufinden«, sagte der Winzer, als er dem Mann die Hand zum Abschied schüttelte.

13. Kapitel

Umgestürzte Bäume. Peitschender Regen durch blattloses Geäst. Der Waldboden bespannt mit einem Netz aus Flechten und Moos. Hier und da hatten Wildschweine die Erde aufgewühlt und Rehe ihre Fressspuren an Rinden und Trieben hinterlassen. Immer wieder steckten die Stiefel des Mannes in der schlammigen Erde fest. Zwei Monde war er gewandert. Doch keine Spur von seinem Vogel. Nun fand er sich in einer düsteren Landschaft, in der tagelang der Sturm gehaust haben musste.

Dann plötzlich ein Zwitschern. Und mit dem Zwitschern kam es zurück. Das Leben. In diesen Teil der Welt. Tatsächlich: Sein Vogel! Er glich einem Mondstrahl. Mit jedem Flügelschlag rieselte ein Hauch von Glimmer auf die Waldlandschaft herab und tauchte sie in die Leichtigkeit von Puderzucker. Saftige Knospen sprossen aus Erde und Zweigen. Ein Grünfeuer des Erwachens. Der Mann stand da, reglos, mit offenem Mund und um seine vertrockneten Lippen tanzte ein Lächeln. Endlich!

Der Vogel ließ sich in der geräumigen Krone einer Zeder nieder. Kraftlos hingen ihre Äste herab, einige waren vom Sturm gebrochen. Ohne Zapfen war der

Baum. Wie musste er unter den trüben, nassen Tagen der vergangenen Wochen gelitten haben!

Doch was war das? Mit der Berührung des Vogels sprossen Zapfen aus den Ästen, reiften aus und zerfielen sogleich wieder, um ihre Samen freizugeben. Das Holz duftete feucht und süß. Der Vogel sang – eine Sonate des Erwachens. Die Melodie wehte den Mantel der Stille davon. Jetzt überall in den Bäumen Vogelgezwitscher.

Der Mann hockte sich auf den Waldboden und atmete den Duft des Frühlings ein. Neubeginn. Plötzlich schien alles möglich. Ohne Absicht zog er an dem Bändchen, das aus seiner Hosentasche ragte. Der Beutel mit dem Goldstaub. Er purzelte heraus, und eine Fingerspitze des Zauberpuders rieselte auf die Erde. Er strich mit seinen Händen über den Waldboden und pustete den an seinen Fingerspitzen haftenden Goldstaub in die Luft. Augenblicklich flatterte der Vogel von der Krone der Zeder hinab, tauchte seine Flügel in den Hauch aus Gold und schwebte wieder zur Spitze des Baumes zurück. Hellwach vom Wind des Flügelschlags stand der Mann auf. Sein Blick schoss hoch zur Baumkrone. Was hatte das alles zu bedeuten? Da blitzte es hervor: ein rundes Geflecht aus Zweigen – ein Vogelnest!

Ein Knarren und Schwatzen durchbrach seine Verwunderung. Förster, die entwurzelte Bäume auf einen Leiterwagen gehievt hatten, jeder mit einer Axt auf der Schulter, stapften herbei und machten vor genau der Zeder halt, in der der Zaubervogel saß. Aggressiv schleuderten sie ihre Hacken in den Waldboden. Lehmklumpen wirbelten durch die Luft. Die Männer traten an den Stamm der Zeder und schauten sich um. Prüfend blickten sie in die eine, dann in die andere Richtung, und schließlich schlug einer von ihnen eine erste Kerbe mit seiner Axt in den Baum.

»Nein! Sofort aufhören! Ihr dürft diesen Baum nicht fällen.«

»Und wer sagt das?«, fragte einer der Förster.

»Ich«, stieß der Mann hervor.

»Und wer ist ›ich‹«, lachte ein anderer, bevor er im selben Atemzug ausholte und mit seiner Axt einen keilförmigen Klotz aus dem Stamm schlug.

»Aufhören. Sofort aufhören!«, schrie der Mann mit ausgestreckten Händen und rannte zum Baumstamm.

»Geh uns aus dem Weg«, knurrte ein anderer Förster und drückte ihn mit der flachen Hand beiseite.

»Nicht diesen Baum. Fällt einen anderen!«

Jetzt schlug einer der Männer mit dem Beil monoton auf den Stamm ein. Die Fallkerbe war inzwischen bis zur Mitte des Stamms geschlagen, als ein zweiter mit seiner Axt auf der anderen Stammseite oberhalb der Kerbe ansetzte, um den Baum zu Fall zu bringen.

»Sofort aufhören!«

»Aus dem Weg!«, schrien nun alle drei.

»Niemals!«, rief der Mann und warf sich an der

Stelle unter den Baum, an der er auf der Erde aufschlagen würde.

»Bist du völlig verrückt?«, rief der eine.

»Von Sinnen, der Kerl«, rief der andere. Und der dritte holte mit einem weiteren Schlag aus und schrie: »Schafft ihn mir beiseite!«

Der Stamm knackste. Der Baum neigte sich zunächst unmerklich, dann immer mehr. Das Nest löste sich aus der Krone und taumelte zu Boden. Der Mann warf ihm die Hände entgegen. Der Baum kippte. Einer der Förster versetzte dem Mann einen letzten Tritt in die Seite. Im selben Moment schlug der Baum krachend auf die Erde.

14. Kapitel

Mit seitlich ausgestreckten Armen lag der Mann regungslos am Boden. Die Zweige hatten tiefe Wunden in seine Haut geschnitten. Den Blick in den Himmel gerichtet, sah er, wie der Vogel davonflatterte. Der Schmerz bohrte sich wie ein Dolch in seinen Körper, bis in sein Innerstes. Zusammengekracht lagen sie da: die Zeder und darunter der Mann.

Dann ertastete er etwas mit seinen Fingern. Etwas lag in seiner Hand. Es hatte eine längliche, ovale Form mit einem spitzen und einem runden Pol. Er drehte seinen Kopf zur Seite. Nur langsam konnte er erkennen, was es war: ein Ei. Vorsichtig schloss er die Hand und versuchte, den Arm zum Körper zu ziehen. Vergeblich. Die auf ihm lastenden Äste waren zu schwer.

»Ist er tot?«, rief einer der Förster, als ein anderer sich über ihn beugte.

»Nein, der Irre lebt. Unglaublich, wie zäh diese Verrückten sind.«

Die Forstleute schüttelten die Köpfe. Dann packten sie die massigen Äste, die den Mann unter sich begraben hatten, und hoben sie ein Stück an.

Vorsichtig schob sich der Mann ins Freie. Einer der Förster reichte ihm die Hand, »Kannst du aufstehen?«

Der Mann rollte sich auf die Seite und stützte sich mit der freien Hand auf dem lehmigen Boden ab. Anfänglich kroch er, dann stand er auf. Zum Glück hatte es in den vergangenen Tagen geregnet. Der mit Wasser durchtränkte, weiche, moosige Waldboden hatte nachgegeben und ihm das Leben gerettet. Oder ging schon wieder etwas Unheimliches vor sich?

Nachdem der Mann aufgestanden war, widmeten sich die Forstleute wieder der Arbeit. Noch immer kopfschüttelnd, hievten sie die Äste auf den Wagen und knurrten vor sich hin.

Der Mann hockte sich auf den gebrochenen Stamm der Zeder. Er zitterte am ganzen Leib. Sein Gesicht wie Pergament. Vorsichtig öffnete er die Hand. Das Ei war unversehrt. Er betrachtete es genauer. Es trug die Schattierungen des ganzen Waldes. Als hätte der Fall es in die Farben von Gehölzen, Nadeln und Gräsern getaucht. Noch nie hatte er ein solches Ei gesehen. An manchen Stellen zeigte es kleine Sprenkel. Noch war es warm. Und es war leicht. Auffällig leicht, und obwohl es so zerbrechlich wirkte, war die Schale intakt.

Was tun? Der Vogel war davongeflogen, das Nest zerstört, der Baum gefällt. Er musste das Ei zurückbringen. Zu seinem Vogel. Und bis dahin musste er es beschützen. Bedacht schloss er die Finger darum. Dann stand er auf und suchte seinen Weg hinaus aus dem Dickicht, hinaus aus dem Wald.

15. Kapitel

Einige Stunden schon trug er das Ei mit sich herum, in steter Sorge, es könne ihm aus der Hand fallen. Tatsächlich stolperte er einmal, als er mit dem Fuß an einen Stein stieß, der aus dem lehmigen Boden ragte, fing sich aber im letzten Moment wieder.

Inzwischen streifte er durch einen Landstrich, der schütter und so abgedarbt war, dass selbst seine Augen durstig wurden. Über der Erde flimmerte die Hitze. Luft wie schmelzendes Glas. Was, wenn er den Vogel nicht finden würde?

Der Weg führte ihn in einen kleinen Ort. In der Hitze schimmerte das Kopfsteinpflaster wie Schlangenhaut. In der Mitte des Dorfplatzes ein Brunnen – dreistufig. Im achteckigen Becken standen vier mit dem Rücken einander abgewandte Statuen junger Frauen. Ihre emporgestreckten Arme trugen eine große Brunnenschale. Darin wiederum vier Kinderfiguren, die eine kleine Schale in den Händen hielten. Den Abschluss bildeten vier aus Bronze gefertigte wasserspeiende Schwäne.

Bloßes Hinsehen genügte, und schon hatte der Mann das Gefühl, die Frische des kühlen Wassers zu kosten. Er stürzte auf den Brunnen zu. Behutsam legte er das Ei auf das Pflaster neben seine Stiefel und schmiegte seine Hände zu einer Kuhle zusammen, mit der er das Wasser eines spuckenden Schwans auffangen konnte. Nachdem sein Durst gestillt war, klatschte er sich Wasser ins Gesicht und schaute in einen Himmel von lasierender Bläue.

Das Fluchen eines Jungen unterbrach den Gleichklang des dahinplätschernden Wassers. Der Mann hatte ihn bislang gar nicht bemerkt. Der Junge hockte auf der gegenüberliegenden Seite des Brunnens und kühlte die aufgeschürften Füße im Wasser. Dann trocknete er sie mit seinem Hemd und schlüpfte wieder in seine ausgetretenen, zerfledderten Schuhe, deren Sohlen sich stellenweise bereits lösten.

»Verzieh dich doch endlich«, schimpfte der Junge mit den zerfetzten Schuhen, als er jemanden aus dem Augenwinkel heraus fixierte, ohne den Kopf dabei zu drehen.

Der Mann schaute sich um. Einige Schritte entfernt zog ein anderer Junge einen weiten Kreis um den Brunnen. Seine Schuhe blitzten. Sein Blick hochnäsig, spöttisch und darauf wartend, ob der Junge mit den kaputten Schuhen ihn bemerke. Einer Umlaufbahn folgte eine nächste und übernächste, wie der Mond unaufhörlich Kreise um die Erde zieht.

»Mensch, verschwinde doch einfach!«, murrte der Junge am Brunnen. Der andere mit den blitzblanken Schuhen ließ sich nicht beirren, im Gegenteil, er schien geradezu angestachelt, mit erhobenem Haupt wie ein Pfau umherzustolzieren.

»Kann ich helfen?«, fragte der Mann.

»Wenn du ein paar neue Schuhe für mich in deinem Rucksack hast.«

»Nur das Paar an meinen Füßen.«

»Dieser dämliche Kerl«, sagte der Junge und zeigte mit dem Kinn zum anderen.

»Was ist mit ihm?«

»Seine Schuhe.«

»Was ist mit seinen Schuhen?«

»Neu. Nigelnagelneu. Schon sein zweites Paar in diesem Jahr. Zwei Paar Schuhe in nur einem Jahr!«

»Und?«

»Einmal das Gefühl neuer Schuhe! Eigene Schuhe! Die nur meinen Füßen gehören. Ich hatte noch nie neue Schuhe.«

Der Mann bückte sich, nahm das Ei in die Hand und ging zum Jungen hinüber. Der Junge saß kopfschüttelnd auf dem Brunnenrand und betrachtete seine Schuhe, deren Sohlen wie ein geöffneter Entenschnabel vom Oberleder hingen. Dann schaute er mit wässrigem Blick zum Mann auf. »Wie kann das sein? Der Idiot dort hat alles. Und ich muss Jahr für Jahr die Schuhe meiner älteren Geschwister auftragen.«

Der Blick des Mannes fiel auf die eigenen Stiefel, dann wieder auf die ausgefransten Schuhe des Jungen. Schließlich legte er das Ei beiseite.

»Du läufst mit einem Vogelei herum? Wozu?«

»Weiß man immer, warum man etwas tut?«

Der Junge zuckte mit den Schultern.

»Du solltest genau wie der Junge mit den polierten Schuhen ehrwürdig um den Brunnen stolzieren«, sagte der Mann.

»Mit diesen Schuhen? Warum?«

»Manchmal weiß man erst im Nachhinein, warum man etwas getan hat.«

Er wusste nicht, warum, aber der Junge mit den kaputten Schuhen vertraute dem Mann, der mit einem Vogelei herumlief.

Er sprang vom Rand des Brunnens, steuerte auf den anderen Jungen zu und begann wie dieser, Kreise um den Brunnen zu ziehen. Anfangs zögerlich, in gebückter Haltung, aber mit jeder Runde um den Brunnen wurde sein Gang aufrechter, bis er ebenso erhaben wie der Junge mit den polierten Schuhen stolzierte. Und es fühlte sich gut an.

Der Spott in den Augen des Hochnäsigen war bald verschwunden, und nach kurzer Zeit machte er sich aus dem Staub.

»Man muss nicht immer sofort wissen, warum man etwas tut«, sagte der Mann.

»Verstehe. Es geht um mich, nicht um meine Schuhe.«

Der Mann streifte seinen Rucksack von den Schultern, kramte darin und fischte die Schachtel mit seinen letzten Streichhölzern heraus. Dann zog er das Beutelchen mit dem Goldstaub aus der Hosentasche.

»Gib mir deine Schuhe«, sagte er.

»Streichhölzer?«

»Ein Experiment.«

»Was soll's«, sagte der Junge und streifte sich die Schuhe von den Füßen. »Hier. Sind ja eh kaputt.«

»Du musst sie mir hinhalten. Einen Schuh nach dem anderen. Mit der Spitze nach oben.«

Der Junge zog die Augenbrauen hoch und hielt dem Mann den ersten Schuh hin.

Der Mann entzündete ein Streichholz, öffnete das Beutelchen mit dem Goldstaub und ließ ein wenig von dem Puder durch die Flamme rieseln. Das Gold schmolz und tropfte in den Spalt zwischen Oberleder und Sohle.

»Nun drück die Sohle fest an«, sagte der Mann und blies das Streichholz aus. Das Gleiche wiederholten sie mit dem zweiten Schuh.

Nach wenigen Minuten waren Oberleder und Sohlen beider Schuhe durch das Gold verleimt, und die Schuhe standen beständig wie nie zuvor auf dem Brunnenrand. Der Junge staunte. Der Mann verschnürte das Beutelchen mit dem Goldstaub und steckte es zurück in die Hosentasche. Dann schulterte er den Rucksack und nahm das Ei in seine Hand. »Und nun, junger Mann, musst du mir versprechen, dass du jeden Morgen, wenn du in diese Schuhe schlüpfst, den Neid ablegst. Neid ist sinnlos und hilft dir nicht. Das Bild, das man sich von anderen macht, ist nie vollständig. Vergleiche mit anderen funktionieren nicht. Wenn im Leben irgendein Vergleich zulässig ist, dann lediglich der Vergleich zwischen dem, der du bist, und dem, der du sein willst. Mit Neid schadet man nicht dem, den man beneidet, sondern nur sich selbst. Wenn du alles dafür tust, um glücklich zu sein, ist der, den du beneidest, nicht glücklicher als du. Um was beneidest du ihn dann? – Dein Leben ist das Einzige, was du hast. Sei lieber das Meisterstück deiner selbst statt das Imitat eines anderen.«

16. Kapitel

Nach vielen Stunden Wanderung erreichte der Mann ein Städtchen. Es lag an einem Hang voller Obstbäume. Obwohl sich die Dämmerung darüberlegte, bemerkte er, dass alle Bäume reife Früchte trugen. Das Ei geschützt in einer Hand, pflückte er mit der anderen einen Apfel und biss hinein. Auf seiner Zunge breitete sich ein süßsäuerlicher Geschmack aus. Er atmete tief ein. Überall duftete es herrlich nach Frühling, obwohl das reife Obst nun wieder auf Herbst schließen ließ. Die Abendluft tanzte zart um seine Nase. Er war sich sicher: Hier musste der Vogel bereits gewesen sein.

Ganz oben auf dem Hügel sah er ein hell erleuchtetes Schloss. Im Städtchen selbst war es seltsam dunkel. Der Mann streifte durch die Straßen. Die Stadt wirkte wie ausgestorben. Kein Licht, weder in den Häusern noch in den Gassen. Keine einzige Straßenlaterne brannte. Selbst das Wirtshaus war geschlossen, und auch die Herberge war finster. Hier und da hörte er Stimmen hinter verriegelten Türen. Er hörte Jammern, Klagen, Lamentieren. Er klopfte an die Tür der Herberge. Niemand öffnete. Da er hungrig und müde war, beschloss er, beim König selbst um ein Nachtgemach zu bitten. Das Schloss war immerhin das einzige Gebäude weit und breit, in dem Licht brannte.

Als er an das gusseiserne Tor klopfte, öffnete ihm ein Wächter. Der Mann fragte, ob es einen Stall gäbe, in dem er nächtigen könne und vielleicht noch etwas Brot und Wasser, denn er habe einen langen Weg hinter sich und die Herberge sei geschlossen. Der Wächter knurrte wie ein alter Schäferhund: »Warte.« Dann stieß er ihm das Tor vor der Nase zu.

Nach einer Weile wurde erneut geöffnet. Im Licht der Dämmerung erkannte der Mann, dass der König selbst vor ihm stand.

Der Mann verbeugte sich tief.

»Lass nur, lass nur«, hob der König seine Hand. Falten, tief wie Gräben, zogen sich in unregelmäßigen Abständen über seine Stirn. Buschig die Augenbrauen, ein intelligenter, aber erschöpfter Blick. Schwarze Ringe unter den Augen. »Wenn du eine Idee hast, wie ich mein Königreich vor dem Untergang bewahren kann, sollst du das beste Schlafgemach bekommen und das köstlichste Mahl, das du je hattest«, sagte er mit schleppender Stimme.

»Was bedrückt Eure Hoheit?«, fragte der Mann.

Der König begann zu erzählen. »Die Bürger meines Städtchens weigern sich seit Wochen, die Felder zu bestellen, Obst und Getreide zu ernten, Gemüse anzupflanzen. Die Nahrungsvorräte im Land gehen zur Neige, eine Hungersnot steht bevor. Ich bin ratlos. Ich habe bereits einen Gesandten geschickt, um herauszufinden, warum die Leute nicht mehr arbeiten und warum das einst so friedliche Städtchen plötzlich in einer solchen Unruhe ist. Als er wieder im Schloss eintraf, berichtete er: ›Wen ich auch fragte, warum er seine Arbeit niedergelegt habe, der antwortete mir: Die anderen haben es besser als ich, so mag ich nicht mehr das tun, was ich bisher getan habe.‹«

Der König schluchzte: »Ich verstehe nicht, warum sich nun jeder mit seinem Nachbarn vergleicht und zum Schluss kommt, ein schlechteres Leben zu haben als die anderen. Das Städtchen ist klein. Ich kenne jeden Einzelnen. Glaubte ich zumindest. Seit Wochen zerbreche ich mir den Kopf darüber, was bloß in meine Leute gefahren ist. Sieh nur, Reisender, wie ich aussehe. Doch selbst nach vielen schlaflosen Nächten des Grübelns finde ich einfach keine Lösung. Weißt du Rat?«

Der Mann runzelte die Stirn und rieb sich ausgiebig über das Nasenbein. Er stand eine ganze Weile so da. Er dachte an seine Begegnung mit dem Jungen und den kaputten Schuhen und daran, was ihm dort bewusst geworden war. Doch wie könnte dies dem König in seiner prekären Lage von Nutzen sein? Vorsichtig legte er das Ei ab, griff in seine Hosentasche, zog den Beutel mit dem Goldstaub heraus, tauchte Daumen und Zeigefinger hinein und zerrieb etwas von dem goldenen Pulver zwischen den Fingern.

»Ich habe eine Idee«, sagte er zum König. »Lasst noch heute Abend im Städtchen verkünden, jeder dürfe sein Leben gegen das Leben eines anderen eintauschen. Die einzige Bedingung: Jeder muss alles, was ihn an seinem Leben stört – alle Ängste, Sorgen, Probleme und Nöte –, auf einen Zettel schreiben. Der Zettel muss in eine kleine Schachtel gesteckt und diese in Geschenkpapier verpackt werden. Am Morgen sollen alle Bürger ihre Päckchen vor das Tor des Schlosses legen, und zwar noch bevor die Sonne aufgegangen ist. Bei Sonnenaufgang kann sich dann jeder ein Päckchen mit dem Leben eines anderen aussuchen.«

Der König verstand nicht recht, aber folgte dem Rat des seltsamen Mannes, der ein Vogelei mit sich trug, und schickte seinen Gesandten los. Dann ließ er Mahl und Gemach für den Mann herrichten.

Am nächsten Morgen lagen mit dem ersten Sonnenstrahl Hunderte von Päckchen in hübschestem Papier verpackt vor dem Tor des Schlosses. Eines glitzerte schöner als das andere. Viele Menschen hatten sich vor dem Tor versammelt, um sich eines der Päckchen auszusuchen. Das, was im Päckchen zu finden war, sollte das neue Leben sein. Die Bürger tanzten vor Freude auf dem Schlossplatz mit den Päckchen in der Hand. Endlich konnten sie ihr Leben gegen ein besseres eintauschen. Mit strahlenden Gesichtern gingen sie nach Hause.

Doch noch weit vor Sonnenuntergang lagen alle Geschenke wieder vor dem Tor des Schlosses. Und was war noch passiert? Jeder hatte seine Arbeit wieder aufgenommen und führte sie so zufrieden aus wie nie zuvor. Die Bauern waren auf ihren Feldern. Herrlicher Duft von frisch gebackenem Brot strömte aus der Bäckerei, der Gärtner bepflanzte die Parkanlage, die Marktfrauen ernteten Obst und Gemüse. Und das, obgleich Sonntag war. Jeder war mit seinem alten Leben glücklicher als je zuvor.

Der König war darüber so froh, dass er sein ganzes Volk dazu aufrufen wollte, dem Mann mit dem Ei bei der Suche nach dem Vogel zu helfen.

»Das ist sehr großzügig von Euch, aber den Vogel muss und kann nur ich allein finden. Außerdem würde sich dein Volk wieder in Unzufriedenheit verlieren, wenn die Menschen mein Ziel und nicht ihre eigenen Ziele verfolgen würden. Ein Apfelbaum kann nicht die Birnen des Nachbarbaums zur Reife bringen.«

17. Kapitel

Es war wieder kühler geworden. Irgendwo musste der Mann erneut von seinem Weg abgekommen sein. Doch wo? Keine Anzeichen von Frühling und auch nicht von seinem Vogel. Es begann sogar zu schneien. Dann wieder Regen. Schnee. Das Ei geborgen in seiner Hand. Vorsichtig kramte der Mann den Wollmantel aus dem verschlissenen Lederrucksack und schlüpfte hinein, den Kragen nach oben geklappt, sodass der eisige Nordwind seine Ohren nicht mit voller Wucht erwischte. Er blätterte in seinem Notizbuch und schlug die Seite auf, auf der er seinen bisher zurückgelegten Weg markiert hatte. Seit er das Schloss vor etwa zwei Tagen verlassen hatte, war er scheinbar blindlings nach Norden gewandert. Er musste eine Weggabelung verpasst haben, die Abzweigung, die ihn zum Frühling führte. Es wurde dunkel.

Die Finsternis weinte schwere Regentropfen, die noch im Fall zu Eis gefroren. Der Wind sauste durch die blattlosen Äste und pfiff durch gespaltenes Holz. Der Mann hockte sich unter eine mächtige Tanne, aber auch sie bot nur wenig Schutz vor dem Wetter. Er zog die Beine ganz dicht an sich, um die Wärme zu speichern, vergrub die Hände in den Kniebeugen und versuchte, sich und das Ei vor der Kälte zu schützen. Es gelang ihm nicht. Als der Himmel Hagelkörner spuckte und der Wind plötzlich drehte, riss er vor Schreck die Hände vor die Augen, und es war passiert: Ein Hagelkorn hatte das Ei gestreift und ein winziges Loch in die Schale gesprengt.

18. Kapitel

Der Sturm hatte die halbe Nacht gewütet, dann zog er ab. Mit seinen Fingern tastete der Mann über die Schale. Er konnte das Loch spüren. Es hatte die Größe eines Stecknadelkopfes. Zitternd strich er darüber, als könnte er damit den Bruch rückgängig machen. Er hielt das Ei ganz nah vor seinen Atem, um ihm Leben einzuhauchen. Dann kippte er vor Müdigkeit um.

Die ersten Sonnenstrahlen brachen durch die blattlosen Äste und weckten ihn. Das Ei noch immer warm von seiner Hand. Er drehte es so, dass die Sonne ihr Licht genau in die Öffnung hinein warf, kniff die Augen zusammen und versuchte zu erkennen, was sich im Ei befand. Doch er sah nichts.

Am Gewicht des Eis hatte sich nichts geändert. Ungewöhnlich leicht. Er spürte weder Bewegung darin noch ein Kratzen. Was auch immer sich im Ei befand, Hauptsache, es lebte noch. Vorsichtig legte er das Ei neben sich ins Moos, rieb sich die Hände warm, stand auf und nahm das Ei wieder in die Hand. Weiterziehen musste er, bevor das Wetter womöglich wieder umschlug. Noch eine solche Nacht draußen würde er nicht überstehen.

Wieder wanderte er den ganzen Tag, bis er am frühen Abend endlich eine Ortschaft erreichte. Der Mann war erleichtert, denn seine Beine waren schwer und kalt wie Stein. Er betrat einen kleinen Gasthof.

»Du hast Glück. Wir sind bis auf ein letztes kleines Zimmer ausgebucht«, sagte der junge Wirt. Er hatte die rosige Haut eines Säuglings, die Stimme eines Falsettsängers, und sein Gesicht schien aus nichts anderem als aus den großen blauen, arglosen Augen zu bestehen.

Dankbar nahm der Mann den Schlüssel entgegen und stapfte die knarrende Holztreppe nach oben. Sein Zimmer glich einer Putzkammer. Es war so klein, dass sich die Tür gerade einmal halb öffnen ließ, bevor sie ans Bett stieß. Aber warm war es hier drin! Am Kopf des Bettes befand sich eine winzige Dachluke, am Fußende war ein kleines Regal in die Wand eingelassen. Draußen begann es zu schneien. Der Mann fiel müde aufs Bett. Beide Hände sanft um das Ei geschlungen, sah er es sich nochmals genau an. Nun hatten sich um die Stelle mit dem Loch winzige Risse gebildet. Sein Herz pochte fieberhaft und so laut, dass er den Pulsschlag in den Ohren hörte, ja, es fühlte sich an, als würde in seinen Gefäßen nicht Blut, sondern flüssiges Blei zirkulieren. Das Ei durfte auf keinen Fall zerbrechen. Oder war es bereits verloren? Würde er seinen Vogel jemals finden? War es überhaupt sinnvoll, weiterzugehen?

19. Kapitel

Keine Ahnung, wie lange er geschlafen hatte. Durch die Dachluke blickte er in einen Himmel so blau wie Gletscherwasser. Es hatte zu schneien aufgehört.

Die erste Berührung galt dem Ei. Behutsam fuhr er mit der Hand darüber. Das obere Drittel der Schale war brüchig. Er prüfte das Ei genauer. Kein Zeichen von Leben, obwohl es noch immer warm war. Er zog sich an. Seine Knie zitterten, als er Stufe um Stufe in die Gaststube hinunterstieg, um eine Kleinigkeit zu frühstücken.

Jetzt war er nicht mehr in Eile. Er hatte Zeit. Wieder Zeit. Denn er war sich nicht mehr sicher, ob er seine Suche nach dem Vogel und dem Frühling fortsetzen wollte.

Irgendwie verfehlte er den richtigen Weg immer, und inzwischen reichte es ihm, weiter ins Ungewisse zu spazieren. Sollte er nicht lieber umkehren, zurück ins alte Leben? Aber irgendwie schien auch dies nicht mehr möglich. Sein bisheriges Leben passte nicht mehr zu ihm. Er war ein anderer geworden. Und was sollte dann mit dem Ei geschehen? Er musste ihn finden, den Vogel, den Frühling.

»Was darf ich dir bringen?«, fragte der junge Wirt. Der Mann tauchte aus seinen Gedanken auf und hob den Kopf.

»Irgendetwas, was mich aufmuntert.«

Mit einem Lächeln im Gesicht war der junge Gastwirt so schnell und leise wieder verschwunden, wie er gekommen war. Nachdenklich legte der Mann das Ei vor sich auf den Tisch und zog den Lederbeutel mit dem Goldstaub aus der Hosentasche. Er öffnete die Schnüre, griff hinein und zerrieb ein wenig Staub zwischen Daumen und Zeigefinger. Er dachte an den Müller und an die fünf Aromen für ein gutes Leben und an alles, was er bisher auf seiner Reise gelernt und zu seinem eigenen Erstaunen andere gelehrt hatte. Dieser Goldstaub aus der Mühle des Müllers, aus dem Keim des Weizens, hatte ihm auf seiner Suche nach dem Vogel immer zu Einsichten verholfen und ihn stets wieder auf den rechten Weg gebracht. Irgendein Zauber lag in diesen feinsten Körnchen. Er ließ den Staub in den Beutel zurückrieseln, schnürte ihn zu und steckte ihn zurück in die Hosentasche.

Der junge Wirt räusperte sich. In der Hand hielt er einen Kuchenteller mit einem Törtchen darauf, das mit einer außergewöhnlichen Frucht verziert war. »Das wird dich aufheitern.« Er lächelte.

Der Mann betrachtete das Kunstwerk. Eine solche Frucht hatte er noch nie gesehen. Sie duftete süßlich.

Schon der erste Bissen legte sich sanft auf seine Zunge. Ein ihm bisher unbekanntes Aroma – weich, süß, samtig. Er schluckte das Stückchen hinunter. Eine magische Leichtigkeit stieg in ihm auf. Eine Fröhlichkeit, so wie er sie lange nicht empfunden hatte. Er winkte den jungen Kellner zu sich. »Was ist das für eine Frucht? Zu dieser Jahreszeit? Was ist das für ein außergewöhnliches Gebäck? Ich habe nur einen Bissen genommen und fühle mich heiter und voller Tatendrang.«

»Das bleibt das Geheimnis des Konditors. Er nennt sie die Frucht des Frühlings, denn er sammelt sie jeweils dort, wo der Frühling herrscht. Und wenn man sie isst, erwachen die eigenen Träume und Kräfte wie die Pflanzen im Frühling. Niemand außer ihm hat diese Frucht je gefunden.«

»Der Konditor weiß, wo der Frühling ist?«

»Es scheint so. Ja.«

»Wo finde ich den Konditor?«

»Keine Ahnung, wo er lebt. Ich kaufe die Törtchen von einem Händler. Die Geschichte des Konditors ist ein Mysterium. Hast du noch nie von ihm gehört?«

»Gewöhnlich mache ich mir nichts aus Pâtisserie.«

»Dann scheinst du in deinem Leben etwas Gutes verpasst zu haben.« Der junge Kellner schmunzelte.

»Ich habe in meinem Leben einiges verpasst.«

»Warum sagst du so was?«

»Weil alles irgendwie anders gekommen ist, als

ich es mir in jungen Jahren gewünscht und später geplant hatte. Ich fürchte, das ist das Ende meiner Träume.«

»Blödsinn«, sagte der Wirt. »Was aus deiner Verzweiflung folgen wird, weißt du doch noch gar nicht. Es kann auch ein Segen sein, dass du von deinem Weg abgekommen bist. Die Geschichte des Konditors wird es dir beweisen.« Er zog sich einen Stuhl heran, setzte sich zu dem Mann und begann zu erzählen.

»Es waren einmal ein Mann und eine Frau, die bekamen einen kleinen Jungen. Der Junge war ein fröhlicher Knabe mit einem bezaubernden Charme. Doch schon als Säugling war er wesentlich kleiner als andere Babys. Und selbst im Kleinkindalter holte er den Wachstumsunterschied nie auf, sodass er zu jeder Zeit wesentlich kleiner war als die Gleichaltrigen im Dorf. Die Mutter war darüber besorgt und suchte viele Ärzte auf. Alle bestätigten ihr dieselbe Diagnose: Kleinwüchsigkeit.

›Die Welt ist so ungerecht. Unser Kleiner wird nie im Leben etwas Großes erreichen. Er wird ein Leben lang benachteiligt sein‹, jammerte die Mutter.

Der Vater hingegen blieb gelassen und versuchte, sie zu beruhigen. ›Warum urteilst du über den Lebensweg unseres Sohnes? Sag doch einfach: Unser Sohn ist kleinwüchsig. Das allein ist die Tatsache, die du kennst. Ob das ein Unglück oder ein Segen ist, wissen wir doch gar nicht. Denn wir können nicht ermessen, was daraus folgen wird.‹

Wenige Zeit später zeigte sich in der Schule, dass der Junge aufgrund seiner Kleinwüchsigkeit Schwierigkeiten hatte, Freunde zu finden.

›Ach, mein Mann, es ist so gemein. Jetzt findet unser Sohn nicht einmal Freunde. Er wird für immer klein und allein sein.‹ Der Mann beruhigte seine Frau wieder. ›Warum bewertest du das als Katastrophe? Sag doch einfach ohne Wertung, wie es ist. Unser Sohn ist kleinwüchsig und hat im Moment Schwierigkeiten, Freunde zu finden.‹

Nach der Schule streifte der Junge täglich durch die Wälder und besuchte auf dem Heimweg den Dorfkonditor. Er liebte Torten über alles, und der Konditor genoss die Gesellschaft des pfiffigen, kleinen Kerlchens. Die Mutter wurde immer sorgenvoller. ›Unser Junge wird zu einem Nichtsnutz und Landstreicher. Während andere Kinder miteinander spielen, streift er ziellos in den Wäldern umher oder vertut seine Zeit in der Konditorei. Womit haben wir nur ein solches Unglück verdient?‹

Ihr Mann war entsetzt über das scharfe Urteil. ›Frau, ich bitte dich, hör endlich damit auf, zu urteilen. Ob es ein Glück oder ein Unglück ist, dass unser Sohn täglich durch die Wälder zieht und sich mit dem Konditor angefreundet hat, anstatt mit Gleichaltrigen zu spielen, wissen wir doch gar nicht. Es ist, wie es ist. Eine Tatsache. Nicht mehr und nicht weniger. Was daraus folgen wird, sehen wir später.‹

Nach Erreichen des Schulabschlusses wollte niemand dem Jungen eine Lehrstelle geben, weil er so klein war. Die Mutter war entsetzt, seufzte und sagte: ›Ach, mein lieber Mann, da siehst du es. Die Welt ist ungerecht. Während die Kinder unserer Nachbarn hochgewachsen sind, viele Freunde und eine Lehrstelle gefunden haben, geht unser Sohn wieder leer aus. Weder Freunde noch Arbeit hat er. Er hat es schlecht getroffen im Leben. Sein Leben ist kein Leben.‹

Der Vater wurde zornig. ›Frau, noch immer urteilst du! Beschreib doch einfach die Situation so, wie sie ist. Unser Junge ist kleinwüchsig, er hat bisher noch nicht viele Freundschaften schließen können und noch keine Arbeit gefunden. Ob das nun gut oder schlecht für ihn ist, wissen wir nicht.‹

Während seine Mutter in Sorgen versank, half der Junge beim Dorfkonditor aus. Er erlernte die feine Kunst der Pâtisserie und verdiente sich ein wenig Geld. Da er äußerst sparsam war, hatte er bereits nach wenigen Jahren genug Geld zurückgelegt, um sich selbst alle Gerätschaften zu kaufen, die ein Konditor benötigte.

Um seinem Freund, dem Dorfkonditor, dem er so vieles zu verdanken hatte, nicht in die Quere zu kommen, mietete er in einer fernen Stadt ein kleines

Ladenlokal und richtete sich dort eine eigene Konditorei ein. Er hatte seinem alten Freund versprochen, nicht dessen Rezepte zu verwenden. Daran hielt er sich, und so probierte er bis in die Nächte hinein Eigenkreationen mit besonderen Geschmacksnoten aus. Es gelang ihm, etwas zu schaffen, was es noch nicht gab. Beim Umherstreifen in den Wäldern hatte er nämlich eine ganz außergewöhnliche, zuvor noch unentdeckte Frucht aufgespürt, die unter den Blättern einer seltenen Pflanze wächst. Nur dank seiner Kleinwüchsigkeit hatte er sie finden können. Wir mit unserer Durchschnittsgröße können diese ungewöhnliche Frucht nicht sehen, denn wir schauen von oben auf die Blätter herab. Der junge Konditor hingegen ist mit ihr genau auf Augenhöhe. Jedenfalls ist das Aroma dieser Frucht so außergewöhnlich, so köstlich, dass sie jeden Kuchen, jede Praline und jede Torte in ein Genusserlebnis verwandelt. Der Geschmack ist zart, fein und leicht süßlich. Und wie auch du empfunden hast, fühlt sich jeder, der davon isst, leicht, unbeschwert und fröhlich. So war der junge Konditor bald stadtbekannt. Wenige Monate später kannte man ihn landauf, landab, und heute floriert seine Pâtisserie wie eine Goldgrube. Aus dem ganz Kleinen ist ein ganz Großer geworden.

Wie Erzählungen berichten, muss der Vater des Jungen wohl eines Tages stolz zur Mutter gesagt haben: ›Siehst du, Frau, lass in Zukunft das vorschnelle

Urteilen. Sieh dir nur die Tatsachen an. Deute so wenig wie möglich hinein. Wir bekommen das Leben nur in Bruchstücken zu sehen, nie als Ganzes, und wissen daher nicht, was aus etwas folgen wird. Das Einzige, was wir wissen, ist, dass die Wege des Lebens unendlich sind. Wenn sich uns ein Weg verschließt, öffnet sich ein anderer.‹«

Der junge Wirt hielt inne. Ein Gast war eingetreten, und er musste ihn kurz begrüßen und an einen Tisch geleiten. Dann kam er zurück, setzte sich wieder hin und erzählte weiter.

»Nach vielen Jahren traf der inzwischen zum Mann gewordene kleinwüchsige Konditor auf einen reichen Händler, der ihm seine Pâtisserie für viel Geld abkaufen wollte. Er war ganz hingerissen vom Charme des kleinwüchsigen Konditors und sagte zu ihm: ›Unglaublich, was du Großes geschaffen hast, trotz deiner Kleinwüchsigkeit. Nicht vorstellbar, was aus dir hätte werden können, wenn du so groß wie alle anderen gewesen wärst.‹

Da antwortete der junge Mann mit schelmischem Blick: ›Wenn ich nicht kleinwüchsig wäre, hätte ich gemacht, was die meisten machen und würde ein Leben führen, wie es die meisten führen. Wenn ich nicht kleinwüchsig wäre, hätte ich diese Frucht nie gefunden und damit weder das Geheimrezept für all diese Kostbarkeiten hier noch diejenigen für mein süßes Leben. Auf meiner Augenhöhe lag mein ganz persönlicher Schatz verborgen, den niemand von euch Großen je hätte finden können. Und, nein, ich verkaufe nicht. Das eigene Glück verkauft man nicht.‹«

Einen Atemzug lang schwieg der junge Wirt. Dann stand er auf, schob den Stuhl zurück an den Tisch und ging. Der Mann saß noch einige Minuten da. Seine Zweifel, ob er weitersuchen solle, waren wie weggeblasen und hatten frischem Mut Platz gemacht. Er würde den Vogel finden. Und mit ihm den Frühling. Dann beglich er seine Rechnung, nahm das brüchige Ei in die Hand und zog weiter.

20. KAPITEL

Der Mann wanderte durch eine schmale Gebirgskette in Richtung Süden. Steile Felswände taten sich links und rechts neben ihm auf, darüber der ungeheure blauschwarze Himmel. In der Luft ein Steinadler, der Kreise zog. Auch die Gedanken des Mannes kreisten – fortwährend musste er an die Geschichte des Konditors denken.

»Der König der Lüfte«, sagte er zu sich, als er dem Adler mit seiner imposanten Spannweite nachschaute. Mit seinen langen, breiten Schwingen und den leicht nach oben gebogenen Spitzen segelte er durch die Luft mit einer Eleganz und Leichtigkeit, die den Mann von einem anderen Leben träumen ließ – völlig frei.

Was für ein Schauspiel! Die Spannweite des wendigen Fliegers war größer, als der Mann selbst hoch war. Nahezu zwei Meter, schätzte er. Diese Mühelosigkeit, mit der sich der Greifvogel in die Lüfte erhob, Berge und Länder überqueren konnte.

In einem erstaunlichen Flugmanöver ließ sich der Adler mit der Thermik ganz hoch hinauf in den Himmel tragen, um dann mit kurzen Abschwüngen eine Reihe von eindrucksvollen Kurven zu fliegen. Auf einmal ließ er sich im Sturzflug hinunterfallen.

Sich so fallen lassen ohne abzustürzen, dachte der Mann, das würde ich auch gern können. Er dachte an all die Erfahrungen und Erlebnisse, die er in einem solchen Sturzflug einfach hinter sich lassen würde.

Gebannt verfolgte er das Spektakel. Alles ging ganz schnell. Plötzlich war ihm, als würde er mit dem Sturzflug des Adlers die Vergangenheit abstreifen und sich in einer Art neuen, frischen Haut wiederfinden. In einer Haut, die ihm wirklich passte.

Der Adler hatte sich bereits wieder abgefangen und einen Bogen nach oben gezogen, da war dem Mann, als sähe er bunte Federn in der Luft tanzen. Waren die Erfahrungen, die ihn einst gequält hatten, zu Federn geworden, die er nun einfach in der Luft schweben lassen konnte? Er fühlte sich leicht. Er starrte in den Himmel. Hunderte von Federn. Und dann sah er ihn. Tatsächlich! Da war er, sein Vogel, den er den ganzen weiten Weg über gesucht hatte.

Der geheimnisvolle Vogel ließ sich in der Flugbahn des Adlers schaukeln, nutzte dessen Flugwind und ließ sich nach oben tragen. Als seine Flügel die Gebirgsspitzen berührten, krochen überall Alpenveilchen aus der Erde. Die auf Stielen stehenden Blüten brachen auf und ließen sich nach unten fallen. Die Kronblätter beugten sich nach oben. Ein Blütenteppich aus unzähligen Rosé-, Rot- und Lilatönen rollte sich über das Gebirge aus. Diese verschwenderische Fülle der Farben. Atemlos staunte der Mann.

Sein Leben war vielleicht doch noch nicht vorbei, die Dinge doch nicht so verfahren und ausweglos, wie sie schienen. Vielleicht würde er doch noch finden, was er suchte. Nun flog der Vogel direkt auf ihn zu. Das Ei noch immer in seiner Faust geborgen, hob der Mann die Arme in die Luft, öffnete die Hände und streckte sie dem Vogel entgegen. Der Vogel nahm das Ei nicht. Er stieg wieder in die Höhe, verschwand hinter einer Felskette, und mit ihm das Blütenfeld. Der Mann schaute in den Himmel. Dort oben über ihm kreiste nach wie vor der Steinadler. Er dachte an den Rat des Konditorvaters: Mit einer Veränderung der Sichtweise ändert sich die Wirklichkeit – und damit die eigene Welt.

Er betrachtete das Ei. Jetzt war er bereit für die Wahrheit. Sachte hielt er es an seine Wange. Dann nahm er es entschlossen in die eine Hand und fing mit der anderen an, die gebrochene Schale zu öffnen. Konzentriert brach er ein Stück Schale nach dem anderen vom Ei und ließ die Stücke auf die Erde fallen. Auf einmal blitzte etwas hervor. Was war das? Bedächtig strich er mit den Fingern darüber. Es fühlte sich an wie eine dünne Haut. Als er leicht daran zog, rollte sich ein Stück Papier aus. Er betrachtete es, dann wieder die Schale. Tatsächlich. Im Ei lag ein einziges, winziges, leeres Blatt Papier. Er kniff die Augen zusammen. Ein leeres Blatt. Sonst nichts. Was hatte das zu bedeuten?

21. Kapitel

Jenseits der Gebirgskette wurde es wärmer und schließlich ziemlich heiß. Der Mann streifte seinen Wollmantel ab und stopfte ihn in den Lederrucksack. Keine Ahnung, warum er den leeren Zettel aus dem Ei nicht schon längst weggeworfen hatte.

Satte Farben überzogen die Landschaft. Die Blätter der Bäume zeigten bunte Sprenkel, als hätte man mit Zeigefinger und Daumen gegen einen Farbpinsel geschnippt. Das war kein Frühling, nein. Und auch kein Sommer. Ein zaghafter Wind strich über das Land und träufelte den Duft des Herbstes auf die Erde.

Der Weg war steil und führte durch Weinberge. Sie standen in voller Reife. Der Mann beugte sich über einen Weinstock und zupfte eine Traube von der Rebe.

Nach einer Weile begegnete er einer alten Frau. Sie saß auf einer Bank am Wegesrand und unterhielt sich angeregt mit jemandem. Aber mit wem? Da war niemand außer ihr. Der Mann trat sachte an sie heran: »Guten Tag, darf ich mich kurz zu Ihnen setzen?«

»Kommen Sie nur«, sagte die Alte und unterbrach ihn mit einem lauten Schrei: »Halt! Aber doch nicht auf meinen Mann!«

»Ihr Mann? Wo?«

»Sind Sie blind, junger Mann? Na hier.« Und sie blickte zu ihrer Rechten und sagte: »Nun sag doch auch etwas.«

Etwas belustigt und zugleich auch ein wenig irritiert, respektierte der Mann den Einwand der Alten und nahm zu ihrer Linken Platz.

»Mein Mann und ich, wir müssen ein Weilchen ruhen. Wir sind nicht mehr die Jüngsten, und diese Spätsommertemperaturen setzen uns etwas zu.«

»Verstehe«, sagte der Mann und schwieg.

»Wissen Sie, seit Jahren machen wir einen gemeinsamen abendlichen Spaziergang. Wir wählen für die gleiche Strecke immer einen neuen Weg. Sie können sich gar nicht vorstellen, wie schwierig es ist, sich von einem Ort zum anderen immer neue Wege auszudenken. Irgendwann glaubt man, alles gesehen zu haben, und doch entdeckt man immer etwas Neues. Und sei es nur, wenn man die Straßenseite wechselt. Wissen Sie, junger Mann, der Tag fühlt sich anders an, wenn man täglich einen neuen Weg wählt.«

»Interessant. Und Ihr Mann?«

»Was ist mit meinem Mann?«

»Um ehrlich zu sein, sehe ich ihn nicht.«

»Spüren Sie den Wind?«, fragte die Alte.

»Natürlich.«

»Sehen Sie«, lächelte die Alte, und ihre Gesichtszüge wurden dabei ganz weich, »den Wind können Sie auch nicht sehen, und trotzdem ist er da.«

Dann stand sie auf, reichte ihrem Mann die Hand, und die beiden zogen weiter.

22. Kapitel

Er schaute der Frau noch lange nach – bis sie hinter einem Weinberg verschwunden war. Dann kramte er das Stück Papier, das er im Ei gefunden hatte, aus seiner Hosentasche. Verhielt es sich mit diesem Zettel wie mit dem Wind? Man sieht ihn nicht, und trotzdem ist er da. War das Blatt wirklich leer, oder erkannte er nur die Botschaft darauf nicht? Er rollte es wieder zusammen und steckte es in das Beutelchen mit dem Goldstaub. Nun hatte er ein weiteres Rätsel zu lösen. Als er so auf der Bank saß und im Notizbuch seinen Standort, so gut er ihn schätzen konnte, in die Karte zeichnete, stapfte ein älterer Winzer vom Hang des Weinbergs hinab. Auf seinem Rücken trug er eine Kiepe, ein geflochtener und mit Pech abgedichteter Korb, worin sich die geernteten Weintrauben befanden. Er kippte die Trauben in eine Traubenbütte, die er unterhalb seines Weinbergs aufgestellt hatte. Schweißperlen glänzten auf seiner Stirn.

Er hatte sperriges schwarz-bläuliches Haar, das scheinbar richtungslos seinen Kopf überwucherte, eine Hakennase, markante Wangenknochen und über allem die sonnengegerbte Haut, aus der man hätte Schuhe schneidern können.

»Puh«, stöhnte er, »heiß heute. Für diese Jahreszeit etwas zu heiß. Im Herbst noch solche Temperaturen!«

Der Mann schlug sein Notizbüchlein zu. »Hier bin ich also wirklich wieder im Herbst angelangt«, sagte er zu sich. Er schien die Jahreszeiten jetzt tatsächlich in umgekehrter Reihenfolge zu durchlaufen. »Das ist gut«, murmelte er vor sich hin, »es ist ein Zeichen dafür, dass ich wieder auf dem richtigen Weg bin und schon bald den Vogel und mit ihm den Frühling finden werde.«

»Was sagst du?«, fragte der Winzer, während er sich die Rückenkiepe abschnürte und sie neben die Bütte stellte.

»Nichts«, sagte der Mann, »ich rede mit mir selbst.«

Der Winzer griff in die Bütte, zog eine Handvoll Trauben heraus und streckte sie dem Mann entgegen: »Die neue Ernte. Magst du kosten?«

»Gern«, sagte der Mann und öffnete die Hände.

Wenig später saßen die beiden Männer nebeneinander auf der Bank und aßen Weintrauben.

»Was führt dich in die Gegend?«, fragte der Winzer. »Du bist nicht von hier. Hier kenne ich jeden.«

»Ach ich … ich … verfolge einen außergewöhnlichen Vogel. Da, wo er ist, ist der Frühling.

»Der Frühling? Warum wartest du nicht einfach hier, bis der Herbst vorbei und der Winter übers Land gezogen ist? Dann kommt der Frühling doch von ganz allein.«

»Ich habe keine Zeit mehr«, antwortete der Mann. »Gewartet habe ich lange genug, doch gekommen ist er nicht, der Frühling. Ich habe gelernt, dass ich selbst etwas tun muss, um ihn zu finden. Dass ich mein Leben in die Hand nehmen muss – und selbst wenn es bedeutet, es ganz anders zu machen als alle anderen.«

»Aufbruch und Neubeginn?«

»Wenn es nicht schon zu spät ist. Wie für diese Trauben hier. Eben noch am Hang und schon vorbei.« Er steckte sich eine in den Mund.

»Solange du lebst, ist es nicht zu spät. Sieh dir die Trauben genau an. Die Ernte der Trauben bedeutet doch nicht den Tod der Trauben. Sie bedeutet lediglich eine Veränderung. Eine Veränderung von einem Zustand in einen anderen, der vorher noch nicht da war. Wein ist eine Umwandlung des ursprünglichen Zustandes, nicht das Ende. Und auch eine Rosine ist nicht der Tod der Traube.«

»Wenn ich sie esse, stirbt sie.«

»Nicht, wenn du den Kern wieder ausscheidest und er auf fruchtbaren Boden trifft. Er besitzt alles Wesentliche, um wieder einen ganzen Rebstock hervorzubringen. Jedenfalls haben wir bei Herbstbeginn nicht den Tod des Sommers, sondern lediglich den Anfang des Herbstes. Nur eine Veränderung des Zustandes. Und auch in verändertem Zustand ist noch vieles möglich. Vielleicht nicht mehr das, was du dir einst vorgestellt hast, aber vielleicht etwas anderes, was du dir noch nie vorstellen konntest.«

Dann stand der Winzer auf, wünschte dem Mann Glück und schob seine Bütte nach Hause.

23. KAPITEL

Die Worte des Winzers klangen noch einige Zeit in seinen Ohren nach. Es gibt nicht das Ende. Alles geht weiter. Alles ist nur eine Umwandlung des Zustandes. Der Mann saß noch eine Weile auf der Bank und beobachtete, wie die Blätter einer altersknorrigen Eiche vom Ast flatterten. Ungewöhnlich für eine alte Eiche im Herbst. Er dachte über die Jahreszeiten nach und darüber, wie sich ein Blatt im Laufe eines Jahres verändert und verfärbt, um schließlich wie ein schmuckes Aquarell im Herbst vom Baum zu fallen.

Auch das Herbstblatt, das vom Baum fällt, ist nicht das Ende. Es ist nur eine Veränderung dessen, was vorher war, in etwas, was vorher noch nicht war, dachte er. Und wie das Blatt im Herbst sein Grün gegen ein Rotgold eintauscht, so tauschen wir im Alter Illusionen gegen Erfahrungen ein. Der Herbst des Lebens bedeutet nicht notwendigerweise das Sterben unserer Träume, sondern er kann auch bedeuten, dass unser Leben reicher an Dingen wird, die vorher nicht da waren. Dinge, die nicht mehr möglich sind, weichen neuen Möglichkeiten. Eine Wandlung, kein Verlust. Er brach auf.

24. Kapitel

Der Mann näherte sich einem Städtchen. Dort sah er ein Mädchen, das seine Staffelei auf dem Marktplatz aufgestellt hatte und malte. Er beobachtete das Mädchen aus einer gewissen Distanz. Bald fiel ihm auf, dass ein Herr in Anzug dem Mädchen über die Schulter linste. Immer näher kam jener Herr, ohne dass sich das Mädchen aus der Ruhe bringen ließ – selbst als er die Hände auf ihre Schultern legte.

»Lass mich arbeiten, Vater.« Das Mädchen drehte sich um.

»Was malst du?«

»Die Stadtmauer, die Hängebuche und den Marktplatz.«

Der Vater kniff die Augen zusammen und zog seinen Kopf zurück. »Aber das, was du malst, ist doch weder die Stadtmauer noch die Hängebuche noch der Marktplatz.«

»So sehe ich es«, sagte das Mädchen und drehte den Pinsel auf der Palette aus.

Der Vater sah sich nochmals das Gemälde an und schüttelte den Kopf. »Ich erkenne weder das eine noch das andere.«

»Du siehst die Dinge mit deinen Augen, und ich sehe sie mit meinen«, antwortete das Mädchen und malte weiter.

Der Vater machte ein paar Schritte quer über den Marktplatz, die Arme mit gefalteten Händen hinter dem Rücken, und steuerte wieder auf seine Tochter zu. »Was du gestern gemalt hast, ist schöner.«

»Wenn du etwas siehst, was dir gefällt, heißt das nicht, dass es besser ist als etwas anderes«, sagte das Mädchen. »Es heißt nur, dass du es mehr magst als das andere. Wenn du das Bild von gestern schöner findest, bedeutet das nicht, dass irgendetwas speziell daran ist. Es sagt nichts über das Bild aus, sondern nur über dich.«

Der Vater beugte seinen Kopf vor. Er ließ nicht locker. »Soll das die Hängebuche sein?« Er zeigte mit dem Finger auf einen grünen Fleck.

»Ja.«

»Aber wenn das die Hängebuche sein soll, dann stimmen die Relationen nicht. Sie ist doch viel größer und ragt weit über die Stadtmauer hinaus. Ich nehme an, dieser graue Fleck hier« – er deutete wieder auf das Bild – »soll die Stadtmauer sein.« Das Mädchen schwieg. »Warum malst du die Blumen, die entlang der Stadtmauer wachsen, so groß wie die Hängebuche?«

»Wenn ich die Buche hervorhebe, treten die anderen Dinge, die auch schön sind, in den Hintergrund.

So wie diese Blumen hier«, sagte das Mädchen und grinste.

Stimmt, dachte der Mann, der noch immer in die Szene vertieft war. In Wahrheit gibt es weder den Vordergrund noch den Hintergrund. Dinge, die uns etwas bedeuten, stellen wir in den Vordergrund, und diejenigen, die uns zu diesem Zeitpunkt bedeutungslos erscheinen, rücken wir in den Hintergrund.

Es gibt nicht die Bedeutung, es gibt nur die Bewertung – und die ist abhängig vom Betrachter. Und es gibt den Vergleich, der uns daran hindert, das Besondere in jedem Ding für sich wahrzunehmen.

Vergleichen und Bewerten hält uns davon ab, die Welt so zu sehen, wie sie ist. Nichts ist gut oder schlecht. Keine Sache der Welt hat jenseits unserer Bewertungen Eigenschaften.

25. Kapitel

Er versuchte, sich das Bild des Mädchens mit der Staffelei präzise einzuprägen. Auf ihn wirkte es leicht wie eine Feder und für sein junges Alter erstaunlich weise – mit unverdorbener Sicht auf die Dinge. Er wollte sich an das Mädchen jederzeit erinnern können, wenn ihn sein Blick auf die Welt wieder einmal in die Enge führte.

Das junge Mädchen schien ganz natürlich die fünf Aromen des Lebens zu besitzen. Es entdeckte die Essenz in den Dingen, filterte für sich das Wesentliche heraus, war mutig genug, alles ihm Wichtige zu verteidigen, war damit in jeder Hinsicht einmalig, und es war leicht. Ja, es war wie der Samen einer Löwenzahnblüte, der von seinem Schirm gehalten und gleichzeitig in seiner Leichtigkeit davongetragen wird.

Langsam begann der Mann zu begreifen, was Leben bedeutet. Oder auch Tod. Alles nahm er nun anders wahr. Unwichtig kamen ihm auf einmal Szenen aus seiner Vergangenheit vor, die wie Filme in seinem Kopf abliefen. Er betrachtete die Welt plötzlich mit taufrischen Augen.

Dann erinnerte er sich nochmals an die Worte des Winzers. Nichts stirbt. Es geht nur in einen anderen Zustand über. Auch der Löwenzahn stirbt nicht, wenn er verblüht. Denn der Wind schickt die Schirmchen mit ihrem Samen auf eine Reise.

Nach einer Weile erreichte er eine Brücke, die über einen Fluss führte und die östliche mit der westlichen Stadthälfte verband. Auf der Brücke blieb er stehen und sah hinab aufs Wasser. Dann bückte er sich und griff nach ein paar Steinen, die auf dem Weg lagen. Er beugte sich über die Brüstung und warf die Steine nacheinander in den Fluss. Sie zogen silberne Kreise auf dem Wasser, die sich ineinander verschlangen. Der Mann erinnerte sich an einen Ausflug mit seinem Vater. Er musste noch ganz klein gewesen sein. Es war der letzte gemeinsame Sommer. Und eine Zeit, in der er unbedingt so sein wollte wie sein bester Freund, was sein Vater überhaupt nicht verstehen konnte. Damals kamen sie auch an einem Fluss vorbei. Dort fand sein Vater einen besonders markanten Stein am Ufer. »Stell dir vor, mein Sohn, du würdest diesen besonderen Stein hier in den Fluss werfen. Er würde mit der Strömung über eine ganz lange Strecke mitgeschleift und im Flussbett an all den anderen Steinen geschliffen, die ebenfalls mit der Strömung treiben. Dabei würde er alle Ecken und Kanten, die ihn so besonders machen, verlieren. Wenn du dem Verlauf des

Flusses folgen und nach vielen Kilometern ins Wasser eintauchtest, würdest du ihn nicht wiederfinden. Das Einzige, was du finden würdest, wären viele rundliche Kieselsteine, die alle gleich aussehen, weil sie mit der Strömung mitgekugelt sind und sich aneinander gleichgeschliffen haben. Je länger dein schöner Stein stromabwärts gespült würde, desto mehr würde er in Größe und Form den anderen Steinen gleichen. Du allein entscheidest, ob du lieber ein austauschbarer, gleichförmiger, langweiliger Kieselstein sein möchtest, der so ist wie alle anderen – weil er das macht, was alle anderen machen –, oder ob du lieber einzigartig sein möchtest. Dann behalte den Stein mit seinen Ecken und Kanten und bewahre ihn gut auf.«

Ein Lächeln flog dem Mann übers Gesicht. Einmaligkeit. Auch sein Vater kannte die Aromen des Lebens. Vielleicht ist er gar nicht aus dem Leben geschieden. Vielleicht hat ihn die Leichtigkeit davongetragen.

26. Kapitel

Den Stein seines Vaters besaß er noch immer. Er hatte ihn aufbewahrt. Er lag zu Hause in seinem Garten.

Am Ende der Brücke leuchtete ein Gasthof. Der Mann kehrte ein und fragte nach einem Zimmer. Diesmal wollte er länger bleiben, es gefiel ihm gut in diesem Städtchen, und außerdem hatte ihn seine Hast auch nicht schneller zum Frühling geführt.

Der Gastwirt war ein großer, breitschultriger Mann mit Glatze und weichen, kindlichen Gesichtszügen. Pfeifend überreichte er ihm einen Zimmerschlüssel. »Mit Blick aufs Wasser«, sagte er und grinste.

Der Mann dankte, steckte den Schlüssel in die Hosentasche und ging über einen langen Korridor zu seinem Zimmer. Die Holzdielen knarrten unter seinen Füßen. Er schloss die Zimmertür auf, drückte die Klinke hinunter und trat ein. Es war ein geräumiges, behagliches Zimmer mit einer kleinen Veranda, von der aus er den Fluss sehen konnte. Müde war er. Er legte sich aufs Bett und schloss die Augen. »Ich beginne zu verstehen, worum es im Leben geht, was man sich bewahren und was man lieber ziehen lassen sollte. Unser Weg ist nur dann stimmig, wenn man in ihm die Gestalt unserer Träume findet. Dazu müssen wir uns spüren, bis hinein in die kleinste Faser unseres Körpers. Wenn uns das gelingt, ist alles andere unwichtig.«

Ruhig und gleichmäßig floss der Atem durch seinen Körper.

»Viel zu lange habe ich meinen Wert und meine Handlungen von anderen abhängig gemacht, davon, ob andere gut oder schlecht finden, was ich tue. Mit gefalteten Flügeln bin ich durchs Leben gezogen.« Er öffnete die Augen und verschränkte die Arme hinter dem Kopf. »Die Natur erwacht ja auch im Frühling und zeigt sich im Sommer in ihrer Reife, ohne dass sie dafür Lob erwartet. Im Herbst zieht sie sich wieder zurück, und im Winter schläft sie ganz, ohne Angst zu haben, nicht mehr zu gefallen. Sie tut es, weil es ihre Bestimmung ist.«

Das Licht der untergehenden Sonne brach sich im vorbeiziehenden Fluss und warf feine, zitternde Wellen an die Decke seines Zimmers. Er ließ sich von der leichten und doch gleichmäßigen Unruhe dieser glitzernden Fäden im Fluss der Gedanken davontragen.

Nach einer Weile stand er auf und trat auf die Veranda hinaus. Er schaute sich um. Erlen und Eschen säumten den Weg. Unter einer besonders mächtigen Esche stand eine Bank. Das Sonnenlicht des ermatteten Tages brach durch das Blättergeflecht und warf ein warmes Licht auf den Boden. Er betrachtete die Holzbank. Sie hatte die Patina sonnengebräunter Haut. Der Mann verfolgte die Strömung des Flusses talabwärts und lauschte dem Rauschen des Wassers. Er stellte sich vor, wie Wasser zu sein, entspannt umherzufließen, gelassen die Umgebung zu erkunden, in kleinste Spalten vorzudringen, das Leben bis in die Spitzen zu spüren und sich immerfort zu wandeln.

Dann zog er das Säckchen mit dem Goldstaub aus der Hosentasche und ließ etwas vom goldenen Puder ins Wasser rieseln. Die Strahlen der Abendsonne brachen sich darin und zauberten einen zarten Goldregen über den Fluss.

27. Kapitel

Der neue Tag brach an. Wie weiter? Einfach in diesem Städtchen bleiben? Ein durchaus angenehmer Gedanke. Er versuchte, seine Reise ins Fragwürdige zu ziehen – wie man ein Los zieht, wissend um die groteske Unwahrscheinlichkeit des Hauptgewinns. Es gelang ihm nicht. Der Fluss hatte ihm eine Geschichte erzählt. Die Geschichte des guten Lebens. Vom Fließen des Wassers durfte er lernen, in die feinsten Winkel seines Wesens vorzudringen, der zu sein, der nur er sein konnte und gleichzeitig alles loszulassen, was ihn beschwerte.

Die Menschen, die hier lebten, waren wie das Wasser, taten, was ihnen entsprach. Jeder schien zu wissen, wer er war. Und für alle gab es einen Platz. Denn es gibt immer einen Platz für denjenigen, der durch niemand anderen ersetzt werden kann. Würde er in diesem Ort seinen Platz finden?

Oder sollte er doch weiterziehen, um den Vogel zu suchen? Aber nein. Jahrelang war er der Getriebene gewesen. Das Schicksal hatte mit ihm gespielt wie eine Katze mit einer halbtoten Maus spielt, bevor sie sie verschlingt. Er hatte nie zu Kraft und Mut zurückgefunden, hatte es nicht geschafft, sich vom Leben zu nehmen, was er zum Leichtsein brauchte. Geflohen war er, vor dem Leben und vor sich selbst. Nun kehrte ein bisschen Frieden in seinem Herzen ein, und er verstand, dass er Heimat nur bei sich selbst finden konnte. Er war gerade dabei herauszufinden, was seine Seele wieder ins Gleichgewicht bringen würde. Was dem Einklang half und was er ablegen musste. Für jeden gibt es einen Platz in der Welt, einen ganz spezifischen Platz, der nur für ihn vorgesehen ist. Und den wir nur finden können, wenn wir begriffen haben, warum wir hier sind.

Noch einmal trat er auf die Veranda und blickte in den Fluss. Das Wasser zog an ihm vorbei. Kein Fluss hört auf zu fließen, dachte er und wusste in diesem Moment: Seine Reise war noch nicht zu Ende. Er war noch nicht angekommen.

28. KAPITEL

Er zog sich an, packte seine Sachen zusammen und schritt über die Dielen in das Restaurant des Gasthofs. Das Eichenparkett knarzte unter seinen Füßen. Er mochte dieses Geräusch. Auch die Wände des Restaurants waren in Holz gekleidet – weiß gestrichenes Holz. Bis auf eine Stelle, an der eine altertümliche, freigelegte Steinmauer ihren Platz hatte. In sie war ein Kamin eingelassen. Auf den Holzbänken lagen Kissen aus rotem Samt. Der Wirt lief wirbelnd an ihm vorbei: »Setz dich.«

Der Mann schaute sich um. Außer ihm und dem Gastwirt saß nur ein alter Mann im Restaurant. Die Haare des Alten waren so fein und silbrig wie die glänzenden Fäden aus dem Kokon einer Seidenraupe. Sein Gesicht war fast vollkommen mit einem Bart bedeckt. Seine Augen lagen tief in den Höhlen und glänzten wie polierter Gagat. Der Alte lächelte ihm zu und zeigte auf den Stuhl, der ihm gegenüberstand. Der Mann trat an seinen Tisch, schüttelte dem Alten die Hand und stellte sich vor.

»Bitte«, sagte der Alte und deutete nochmals auf den freien Stuhl. Der Mann setzte sich.

»Eine weite Reise?«, fragte der Alte.

»Wie man es nimmt«, sagte der Mann, »mal erscheint sie mir endlos, mal wie ein Augenblick.«

»Wohin?«

»Dorthin, wo …« Er ließ eine Pause entstehen, lang und tief wie eine Schlucht.

Der Alte schaute ihn fragend an.

»Dorthin, wo der Frühling ist.«

»Woher weißt du, wo der Frühling ist?«

»Ich achte auf meine Umgebung und lasse mich treiben.«

»Lass dich nicht zu sehr treiben«, sagte der Alte, »sonst vergeudest du kostbare Lebenszeit.«

»Das habe ich nicht vor. Davon bleibt mir ohnehin zu wenig. Ich versuche, achtsam zu sein.«

»Das ist gut.« Der Alte lachte. »Viel zu viele Menschen lassen ihr Leben im Nichtstun dahinfließen, oder sie tun das Falsche und verschwenden ihre Tage mit nutzlosen Tätigkeiten. Sie dämmern in bodenloser Sinnlosigkeit dahin oder verlieren sich in leerer Zerstreuung. Kein echtes Leben – bloße Zeit. Verschwenderisch gehen sie mit dem Kostbarsten um, was wir besitzen.«

»Auch ich war einer davon. Ich habe mein Leben vernachlässigt und es Dingen gewidmet, die mit mir nichts zu tun haben. Aber ein Vogel hat mich geweckt und mich aus der Starre gerissen.«

»Oh, ich weiß, wovon du sprichst. Auch ich bin einem solchen Vogel einst begegnet«, sagte der Alte.

»Du auch?«

»Für jeden gibt es einen solchen Vogel. Man muss ihn nur entdecken.«

»Du weißt, wo ich meinen Vogel finde?«

»Jeder muss ihn selbst finden.«

»Wo bist du ihm begegnet?«

»Er saß eines Tages auf meinem Fenstersims.«

»Und es wurde Frühling?«

»Nein, es war Herbst.«

»Aber der Vogel, den ich meine, der bringt den Frühling.«

»Mein Vogel hat mir jeden Tag einen Beutel mit vierundzwanzig Goldmünzen gebracht.«

»Mit vierundzwanzig Goldmünzen?«

»Anfangs war ich verwundert und zögerte, das Gold auszugeben, denn im Gegensatz zur Lebenszeit war ich gut darin, mein Vermögen zusammenzuhalten. Als ich jedoch bemerkte, dass der Vogel jeden Tag immer nur so viele Münzen auf den Fenstersims legte, dass es in der Zahl wieder genau vierundzwanzig waren, die ich Tag für Tag besitzen sollte, wurde mir bewusst, dass ich das Gold scheinbar nicht sparen, sondern ausgeben sollte. Also überlegte ich mir jeden Tag aufs Neue ganz genau, was ich Besonderes mit dem Gold anfangen würde. Es nicht zu nutzen wäre schlichte Dummheit gewesen.«

»Und dann?«

»Ich brauchte eine Weile, das zu begreifen.«

»Nun sag schon!«

»Der Vogel kam nicht mehr.«

»Wie, der Vogel kam nicht mehr?«

»Ohne Abschied, ohne Botschaft. Nie mehr.«

»Was für ein Unglück.«

»Was für ein Glück«, sprach der Alte und grinste, »auch ich brauchte einige Zeit, um das zu begreifen. Ohne Ankündigung auf einmal kein Gold mehr. Dafür schenkte mir der Vogel etwas anderes. Etwas viel Kostbareres.«

»Was?«

»Lebenszeit.«

»Versteh ich nicht.«

»Geiz ist nur dann edel, wenn es der Geiz mit der eigenen Lebenszeit ist. Wie das plötzliche Ausbleiben der Goldstücke wird das Ende unseres Lebens kommen und sich uns auch nicht vorher ankündigen. Wie die vierundzwanzig Goldmünzen, die mir der Vogel schenkte, bekommt jeder von uns jeden Tag einmalig vierundzwanzig Stunden vom Leben geschenkt, die wir sinnvoll nutzen können. Auch im Leben sind die Stunden, die wir an einem Tag nicht sinnvoll nutzen, unwiederbringlich verloren. So wie ich kein Gold zurücklegen durfte, können wir unsere Lebenszeit nicht für später aufsparen. Mit jedem Tag verstreicht ein Teil unseres Lebens unwiederbringlich, und wir wissen nicht, wann es zu Ende ist.«

Der Mann war sprachlos.

»Wenn du genaue Kenntnis über deine zukünftigen Jahre hättest, so wie über deine vergangenen, wie würdest du mit diesem kostbaren Schatz umgehen? Wie sparsam wärst du damit? Was man genau kennt, ist leicht abzumessen. Um deine unbestimmte Lebenszeit jedoch sinnvoll einzuteilen und zu nutzen, erfordert es Achtsamkeit. Denn wir wissen nicht, wie viel Zeit uns noch bleibt.«

»Jetzt begreife ich«, sagte der Mann, »das Einzige, was ich beeinflussen kann, ist die Gegenwart. Das Einzige, was mir niemand mehr nehmen und was nicht rückgängig gemacht werden kann, ist die Vergangenheit. Und das Einzige, was ungewiss bleibt, ist die Zukunft, die vor mir liegt.«

»So ist es. Nur was wir täglich im Hier und Jetzt Sinnvolles schaffen, besitzen wir für immer. Es wird zu unserer Vergangenheit, die uns niemand nehmen kann. Doch der, der seiner Vergangenheit jeden Tag einen ungelebten Tag hinzufügt, schafft sich neben der toten Zukunft auch eine tote Vergangenheit. Wer im Heute viel für sich erreicht, ist weniger vom Morgen abhängig. So mache dein Leben zu einem vollen. Achte jeden Tag!«

Der Alte fuhr sich mit der Hand durchs weiße Haar. Ganz still war es im Raum. Der warme Duft des Holzes lag in der Luft und mischte sich mit dem Geruch von kaltem Stein. Vertieft in die Erzählung des Alten, bemerkte der Mann gar nicht, dass der Wirt das Frühstück servierte.

»Du solltest deinen Kaffee heiß trinken«, empfahl der Alte.

Der Mann schüttelte leicht den Kopf, als er aus seinen Gedanken auftauchte. Er griff nach der Tasse und nahm einen Schluck.

»Was für eine Geschichte!«, sagte er. »Und was ist mit meinem Vogel?«

Der Alte lächelte verschmitzt. »Das weiß ich nicht. Du allein kannst das herausfinden.«

Dann nahm der Alte seinen Hut, stülpte ihn über den Kopf, nickte dem Mann zu, nicht ohne den Hut nochmals zu lüften und machte sich davon.

29. Kapitel

Es war doch Zeit, das liebenswürdige Städtchen zu verlassen und weiterzuziehen. Die Amseln sangen und bestärkten ihn darin, aufzubrechen, um den Vogel des Frühlings zu finden. Die Zeit, die ihm dafür noch blieb, wollte er nicht ungenutzt verstreichen lassen. Das einzig Sichere, das Hier und Jetzt, wollte er nutzen.

Mein einziger Besitz sind Gegenwart und Vergangenheit. Nur in der Gegenwart kann ich für eine unvergessliche Vergangenheit sorgen. Was ich mir mit jedem voll gelebten Tag Schönes schaffe, kann mir niemand mehr nehmen. Launenhaft ist allein die Zukunft. Auf sie kann ich mich nicht verlassen, dachte er, und zeichnete den Weg in sein Notizbüchlein, den er in den letzten Tagen zurückgelegt hatte.

Dann zog er los und dachte darüber nach, wie viel Gelegenheit ihm das Leben wohl noch geben würde, Jahreszeiten zu erleben und seiner Vergangenheit zu schenken. Wie viele Frühlinge, Sommer, Herbste und Winter würden es wohl noch sein? Nur voll gelebt ist das Leben lang genug.

30. Kapitel

Er war den ganzen Vormittag gewandert, bis ihn der Weg in die nächste Stadt führte. Salz lag in der Luft. Möwen kreisten am Himmel. Vor ihm das Meer – das Glimmern der Küstenlinie und die dunkelgrünen Flecken auf dem Wasser, wo die Wolken ihre Schatten warfen.

Er schlenderte über den Fischereihafen. Wie Perlen auf einer Schnur reihten sich die Fischerboote entlang der Küste. Ein Fischer war gerade dabei, seine Netze zum Trocknen aufzuhängen.

»Ein guter Fang heute?«, fragte der Mann.

»Bin zufrieden«, rief der Fischer zu ihm herüber.

»Was fängt man mit einem solchen Netz?«

»Gewöhnliches.«

»Gewöhnliches?«

»Heringe, Makrelen, Lachs.«

»Und was wäre ungewöhnlich?«

»Augenblicke.«

»Augenblicke?«, fragte der Mann und runzelte die Stirn.

»Augenblicke«, wiederholte der Fischer. »Einmal mit den Augen blinzeln, und er ist bereits vorbei. Ein Augenblick dauert eben nur einen Augenblick. Einige würde ich gern einfangen, eine Weile festhalten, genießen und erst dann weiterziehen lassen.«

»Wenn es ein solches Netz gäbe, würde ich auch Fischer werden.«

»Wenigstens gibt es auch kein Netz, in dem sich schlechte Momente verfangen können. Auch die ziehen zum Glück vorüber.«

Der Fischer hockte sich auf ein Bänkchen, zog seine Gummistiefel aus und stellte sie auf den Steg.

Der Mann kam näher und setzte sich zu ihm. »Was gefällt dir am Fischen, wenn du Tag für Tag doch nur Gewöhnliches fischen kannst?«

»Mit dem Fischen ist es wie mit allem im Leben. Du kannst starr fischen, indem du dein Netz an einer Stelle im Meer aufspannst und das hinnimmst, was sich darin verfängt. Oder du kannst beeinflussen, was du fischst, indem du ein Treibnetz wie dieses hier auswirfst.« Er zeigte auf seine Netze. Sie rochen nach Salz und Tang. »Im ersten Fall entscheidet die Strömung, welche Fische sich darin verfangen. Im zweiten Fall ist es neben der Knüpfweise des Netzes auch die Richtung, die du einschlägst.«

»Dann ist es gar nicht so selbstverständlich, ›Gewöhnliches‹ zu fangen. Du fischst mit deinen Treibnetzen ja nicht starr, sondern beeinflusst deinen Fang unmittelbar. Vielleicht gelänge es dir dann auch, Ungewöhnliches zu fischen.«

»Vielleicht«, sagte der Fischer und schmunzelte, »Was für das Leben gilt, gilt auch für das Meer: Die Kunst besteht darin, in beidem bloß zu fischen, ohne darin unterzugehen.«

Der Mann grübelte.

»Und was führt dich hierher?«, fragte der Fischer.

»Ich suche den Frühling.«

»Den Frühling?«

»Sagen wir so, ich suche einen besonderen Vogel. Wo der Vogel ist, da ist der Frühling. Weißt du, in welcher Richtung ich das Meer überqueren muss, um den Frühling zu finden?«

»Du willst zur Frühlingsinsel?«

»Frühlingsinsel?«

»Die Insel des zeitlosen Frühlings. Dort wirst du deinen Vogel zweifellos finden. Hast du noch nie von ihr gehört?«

»Noch nie.«

»Da hast du Glück, dass du mich heute triffst«, sagte der Fischer. »Ein Freund von mir ist Kapitän. Er bricht mit seinem Schiff jeden Montagabend zur Frühlingsinsel auf. Wenn du dich beeilst, erreichst du sein Schiff gerade noch. Es ist ein großes blaues Frachtschiff mit einem gelben Schornstein – nicht zu übersehen. Mein Freund beliefert die Insel mit Produkten vom Festland und bringt Früchte der Insel zurück. Der Kapitän freut sich immer über Gesellschaft und wird dich sicher mitnehmen.«

»Danke dir!«, rief der Mann und machte sich gleich auf den Weg, denn er hatte Sorge, das Schiff zu verpassen.

»Und grüß mir den Handelsmann!«

»Den Handelsmann?« Der Mann stutzte und drehte seinen Kopf noch einmal um.

Da war der Fischer schon wieder in seinem Boot verschwunden.

31. Kapitel

»Die Überfahrt dauert die ganze Nacht«, sagte der Kapitän mit einer Stimme, so tief wie der Ozean selbst. »Du kannst in der Koje schlafen.«

»Sehr nett, dass du mich mitnimmst.«

»Reisende sind mir immer willkommen. Besuchst du jemanden auf der Insel?«

»Nein, ich war noch nie auf dieser Insel. Ich suche einen besonderen Vogel.«

»Du reist einem Vogel nach? Warum?«

»Warum bist du Kapitän?«

»Ohne mich wäre das hier nur ein Haufen aus Blech. Erst durch mich, den Kapitän, wird es zu einem Schiff.«

»Eine interessante Sichtweise. Hast du schon viele Häfen dieser Welt angesteuert?«, fragte der Mann.

»Wozu bin ich Kapitän?! Unzählige Länder habe ich bereist. Ich bin nicht einer, der auf einem Meer herumkreist und dann behauptet, er hätte die Welt gesehen. Viele Menschen ziehen bloß Kreise – Irrfahrten, keine Entdeckungen. Und du, nun sag, was machst du?«

»In deinen Worten gesprochen, lieber Kapitän, bereise ich meine Seele.«

»Deine Seele?«

»Wenn ich darüber nachdenke, erkunde ich seit Verlassen meines Hauses jeden Tag einen neuen Ort meiner Seele.«

»Und was findet man da so?«

»Die Wahrheit.«

Der Mann stieg hinab in die Koje. Aus dem Bullauge beobachtete er die Möwen, die das Schiff umschwirrten wie Mücken eine Lampe. Sie hatten sich offenbar entschieden, sich vom Festland loszusagen und mitzureisen. Er sah, wie sich der Hafen allmählich zu einem dunklen Punkt zusammenzog, die Küste zu einem schwarzen Strich, und wie die Sonne als glühende Scheibe lautlos ins Meer tauchte. Das Kreischen der Möwen die ganze Nacht.

32. Kapitel

Das Rasseln der Ankerkette weckte ihn. Er schaute durch das Bullauge. Die Frühlingsinsel. Geschafft! Er schulterte seinen Lederrucksack und kletterte die eiserne Treppe hinauf aufs Deck. Die Treppe war steil. Der Kapitän summte gut gelaunt vor sich hin.

»Du bist an deinem Ziel. Das ist die Insel des ewigen Frühlings. Hier wirst du deinen Vogel gewiss finden.«

»Das hoffe ich.«

»Was immer dich hier antreffen mag, ich glaube, du bist auf dem richtigen Weg«, sagte der Kapitän. »Eine Reise in die Ferne hilft einem nur, wenn man dabei auf sich selbst trifft. Um sich selbst zu entfliehen, nützt sie einem nichts. Man nimmt sich stets mit – überallhin. Und denk daran: Solange man nur die Umgebung, jedoch nicht sich selbst verändert, verfolgt einen das alte Selbst wie ein lästiger Mückenschwarm. Solange in dir selbst Winter herrscht, wirst du den Frühling nirgends finden. Glaub mir, ich spreche aus Erfahrung.«

»So ist es«, sagte der Mann und überquerte die Brücke.

»Hast du an die Steine gedacht?«, rief ihm der Kapitän nach.

»Welche Steine?«

Verschwunden war der Kapitän im Führerhaus.

33. Kapitel

Die Frühlingsinsel musste riesig sein. Schon zwei Stunden war der Mann umherspaziert, ohne jemanden zu treffen. Vögel zwitscherten, doch den Vogel, den er suchte, hatte er noch nicht entdeckt. Überall sprangen Knospen auf, und es duftete herrlich nach Farben und Bouquets. Wie Perlen hingen die Blüten in den Bäumen. Kein Zweifel: Hier war Frühling. Äußerlich. Doch seine Seele ruhte noch immer unter der schweren Decke des Winters. Er musste seinen Vogel finden.

Endlich Menschen, dann immer mehr, und schließlich gelangte er an einen großen Platz. Hier gab es Gemüse, Früchte und Fische zu kaufen. Doch was sah er da? Die Bewohner dieser Insel zahlten nicht mit Geld, sondern mit Steinen. Darum hatte ihn der Kapitän gefragt, ob er an die Steine gedacht hätte.

Er ging auf eine alte Frau zu und fragte: »Gestatten Sie mir eine Frage?«

»Nur zu.« Die Alte schaute ihn freundlich an.

»Sie zahlen mit Steinen?«

»Sie kennen nicht die Besonderheiten der Frühlingsinsel?«

Der Mann schüttelte den Kopf.

»Neben dem ewigen Frühling, der uns hier geschenkt wird, ist das Außergewöhnliche unserer Insel, dass wir mit Steingeld zahlen. Die Geldsteine sind aus schimmerndem Kalkstein, der vor vielen Jahrhunderten von weit her auf die Insel gebracht worden ist. Die Geldsteine unterscheiden sich in ihrer Größe. Die kleinsten sind so klein wie Kirschkerne. Sie sind nahezu wertlos, weil man sich auf dieser Seite der Insel fast nichts davon kaufen kann. Es ist das Geld der Armen, die in heruntergekommenen Hütten auf der Nordseite der Insel leben. Wirklich kaufen kann man sich auf unserer Inselsüdseite nur von größeren Steinen etwas. Sie müssen mindestens so groß sein wie dieser Apfel hier.« Die Alte streckte ihm einen Anacuta entgegen. »Und dann gibt es auch solche, die sind sogar so groß wie ein ausgewachsener Mensch. Je größer ein Geldstein ist, desto mehr Wert hat er. Wer auch nur einen einzigen Stein in Menschengröße besitzt, ist steinreich.«

Der Mann schaute sich um. Steine aller Größen gingen auf dem Markt von Hand zu Hand. Die Instrumentenkästen der Straßenmusiker waren mit Steinen gefüllt, Bettler bettelten um Geldsteine, und Kinder kauften mit kieselkleinen Steinen ihre Süßigkeiten.

»Der reichste Mann«, fuhr die Alte fort, »ist der Kaufmann mit seiner schönen Frau. Er besitzt die größten Geldsteine.« Sie drapierte ihre Äpfel kunstvoll und fügte an: »Aber manchmal sind die Reichsten auch die Ärmsten.« Dann widmete sich die Alte wieder ihrem Gemüsestand.

Der Mann bedankte sich und zog über den Platz. Frühling in den Gesichtern der Menschen. Er schaute einem zwitschernden Vogel nach. Es war nicht der, den er suchte.

Er überquerte den Platz, und nach einer Weile erreichte er einen Weg. Links und rechts standen Magnolienbäume. Noch war keine Knospe aufgesprungen – was für diese Jahreszeit ungewöhnlich war.

Der Weg führte ihn direkt zu einer herrschaftlichen Villa. Das Anwesen sah etwas düster aus inmitten der bunten Frühlingslandschaft. Selbst die Kirschbäume entlang der Mauer schienen das Blühen vergessen zu haben.

Wie in meinem Garten, dachte der Mann.

Er ging auf das herrschaftliche Gut zu. Noch bevor er das Tor erreichte, öffnete ihm ein Pförtner.

»Halt! Sie befinden sich auf privatem Grundstück. Was wollen Sie hier?«

»Entschuldigung«, stotterte der Mann, »ich suche einen besonderen Vogel und dachte, ihn hier finden zu können.«

»Lasst ihn herein!«, rief jemand.

Im Hintergrund stand ein Mann, mächtig wie ein Baumstamm. Tränensäcke zeichneten sein Gesicht. Seine Augen starrten ausdruckslos vor sich hin.

Er bat den Fremden in den Garten. Dort setzten sie sich in die Laube neben dem Brunnen.

»Du suchst also einen Vogel? Sieh, Fremder, Trostlosigkeit in jeder Ecke dieses Gartens. Als ob der Frühling mein Anwesen übergangen hätte. Hier zwitschert kein Vogel. So traurig wie hier sieht es auch in meinem Herzen aus.« Er blickte auf den Boden und scharrte mit den Schuhen im Kies. »Du musst wissen, meine Frau ist sehr krank. Eines Tages bemerkte ich, dass sie unglücklich ist. Die Traurigkeit wurde von Tag zu Tag schlimmer. Niemand konnte eine Erklärung dafür finden. Inzwischen sind Wochen vergangen, und der düstere Mantel der Schwermut lässt sie nicht mehr los. Sie verlässt nicht mal mehr die Villa, weil sie nur noch weint. Es scheint kein Ende zu nehmen. Das bereitet mir unendlichen Kummer. Selbst der Inseldoktor ist ratlos. Ich habe bereits die Ärzte aller nahegelegenen Inseln zusammentrommeln lassen und eine hohe Belohnung für denjenigen ausgesetzt, der meine geliebte Frau heilen kann. Doch keiner der Ärzte konnte herausfinden, was ihr fehlt. Keine Medizin lindert ihre Tränen.« Er ließ den Kopf hängen und schwieg eine Weile. »Eines Abends war ich so verzweifelt, da bin ich den Aussichtsturm der Villa hinaufgeklettert und habe gerufen: ›Alles würde ich tun, alles, um meine Frau wieder lachen zu sehen.‹ Da hörte ich eine Stimme. ›Du kannst deine Frau nur dann heilen, wenn es dir gelingt, den Brunnen im

Garten bis zum Rand mit Geldsteinen zu füllen. Erst wenn der Brunnen ganz voll mit Geldsteinen ist und alles Wasser herausgeflossen ist, wird deine Frau aufhören zu weinen.‹

Ich war erleichtert. Schließlich bin ich der reichste Mann der Insel. Freudig stieg ich die Turmtreppe hinab und legte mich schlafen. Am nächsten Morgen befahl ich dem Schatzmeister, so viele Geldsteine in den Brunnen zu werfen, bis der Brunnen randvoll gefüllt wäre. Die großen Geldsteine waren so schwer, dass meine Leute zu dritt, manchmal zu viert anpacken mussten, um sie über den Brunnenrand zu hieven. Als der Horizont die Sonne verschluckt hatte, war der Brunnen bis zum Rand gefüllt. Aufgeregt rannte ich zu meiner Frau. Doch sie weinte noch immer. Enttäuscht hastete ich wieder die Stufen des Turms hinauf und rief: ›Der Brunnen ist bis zum Rand mit Geldsteinen gefüllt, doch meine Frau weint noch immer.‹

›Deine Frau weint nach wie vor, weil der Brunnen nicht vollständig mit Geldsteinen gefüllt ist. Noch immer gibt es Wasser darin. Solange noch ein Tropfen Wasser im Brunnen ist, wird deine Frau weinen!‹, ertönte die Stimme.« Der Kaufmann atmete mit einem schweren Seufzer aus und starrte auf den Boden. »Aber ich habe keine Geldsteine mehr. All mein Besitz liegt im Brunnen. Der Brunnen ist bis zum Rand mit Geldsteinen gefüllt.«

»Gestatten Sie eine Bemerkung?«, fragte der Mann.

»Sprich!«

»Sie müssen auch kleinere Geldsteine in den Brunnen werfen. Nur so sind auch die kleinsten Zwischenräume ausgefüllt, und nur dann gibt es kein Wasser mehr im Brunnen, und Ihre Frau wird gerettet sein.«

Der Kaufmann zog die Brauen hoch und riss die Augen auf: »Aber natürlich!« Im gleichen Atemzug fiel sein Gesicht wieder in sich zusammen: »Aber ich besitze keine kleineren Geldsteine als diejenigen, die bereits im Brunnen liegen. Auf der ganzen Insel gibt es keine kleineren Geldsteine.«

»Doch«, platzte es aus dem Mann heraus. »Wie ich von einer Gemüsehändlerin erfahren habe, gibt es Geldsteinchen so klein wie Kirschkerne. Ihr zufolge handeln nur die Armen auf der Inselnordseite mit dieser Art Geld.«

»Aber solches Geld besitze ich nicht, es ist wertlos.«

»In diesem Fall hat möglicherweise das Kleinste den größten Wert«, sagte der Mann.

Die beiden Männer machten sich sofort auf den Weg. Nach einem langen Fußmarsch erreichten sie die andere Seite der Insel. Menschen saßen vergnügt vor ihren Häusern, flickten Fischernetze, arbeiteten an ihren Hütten oder erzählten sich Geschichten. Kinder sprangen und tanzten umher, und aus den Hütten duftete es nach frischem Fisch. So viele heitere Leute hatten die beiden lange nicht gesehen.

Die Armen waren erstaunt über den hohen Besuch. Und obwohl der reiche Handelsmann sie seit jeher gemieden hatte – denn prunksüchtig glaubte er einst, arme Menschen hätten geringeren Wert –, wurden die Besucher herzlich aufgenommen.

Der Reiche erzählte den Armen von der Krankheit seiner Frau, von der Stimme aus dem Universum und von den kleinen Geldsteinen, die er zur Heilung benötigte. Wortlos stand der Älteste der armen Leute auf, nahm einen großen Beutel, griff in seine Hosentasche und warf alle Geldsteine hinein, die er besaß. Dann reichte er den Beutel weiter, und so ging der Beutel von Hand zu Hand. Als jeder der Armen seinen kleinen Besitz in den großen Beutel geworfen hatte, übergab der Älteste den prallen Beutel dem Reichen mit den Worten: »Halte nichts für Kleinigkeiten!«

Der Kaufmann verstand. Er bedankte sich, verneigte sich vor den Armen und eilte mit dem Mann zurück zu seinem Anwesen.

Bei Einbruch der Dämmerung waren sie zurück in der Villa. Der Kaufmann kippte den Beutel mit den winzigen Geldsteinen in den Brunnen. Dann eilte er zu seiner Frau, doch sie weinte immer noch. Die Tränen wurden zwar weniger, aber es musste noch immer Wasser im Brunnen sein.

Die Männer setzten sich wortlos auf eine Bank neben dem Brunnen und rieben sich die Stirn.

Nach Minuten des Grübelns hatte der Mann eine Idee. Er zog den kleinen Lederbeutel mit dem feinen Goldstaub aus seiner Hosentasche und ließ etwas davon in den Brunnen rieseln. Wie Sandkörnchen verteilte sich das feine Gold in den kleinsten Ritzen. Nun war der Brunnen randvoll, und auch der letzte Tropfen Wasser floss heraus. Der Handelsmann staunte. Nochmals hetzte er ins Schlafgemach seiner Frau und wahrhaftig: Sie stand dort und strahlte! Er nahm sie an die Hand und stieg mit ihr die Treppe hinab, hinaus in den Garten zum Brunnen. Ringsherum sprossen Maiglöckchen und Krokusse aus der Erde.

»Ich danke dir«, sagte er zum Mann, »du hast mir das Wertvollste im Leben zurückgegeben!«

Mit einem Mal sprangen auch die Kirschblüten auf und versprühten ihren Duft.

»Lass uns feiern«, sagte der Kaufmann. »Du sollst unser Gast sein, solange du auf der Insel bist.«

Als der Mond aufging, zog sich der Mann in seine Schlafkammer zurück. Der Blick aus dem Fenster zeigte die Allee der Magnolienbäume, die den Weg zur Villa säumten. Alle standen in voller Blüte.

34. Kapitel

Der Morgen leuchtete wie ein Rapsfeld.

»Was soll mit den Geldsteinen im Brunnen geschehen?«, fragte der Schatzmeister den Kaufmann.

»Sie bleiben dort.«

»Es ist euer Vermögen.«

»Vermögen ist etwas anderes.«

»Dann seid Ihr der ärmste Kaufmann weit und breit.«

»Die Steine machen mich nicht reich.«

»Aber die Steine im Brunnen – das ist alles, was Ihr besitzt.«

»Was hat mir dieses Geld gebracht? Ich habe meine Frau aus den Augen verloren. Durch ihre Krankheit ist mir klar geworden, dass das viele Geld meinen Blick getrübt hat. Mein Leben war mit dem Falschen gefüllt.«

Der Schatzmeister schüttelte ungläubig den Kopf.

»Beinahe hätte ich meine Frau verloren«, sagte der Kaufmann. »Der wahre Reichtum liegt in uns. Diesen Reichtum müssen wir uns bewahren.«

»Wenn Ihr die Steine im Brunnen lasst, seid Ihr mittellos«, sagte der Schatzmeister entsetzt.

Der Handelsmann lächelte und schwieg.

Nach einer Weile flüsterte er: »Wer Reichtum von Besitztümern erwartet, die von äußeren Einflüssen abhängig sind, lebt in ständiger Sorge, sie wieder zu verlieren. Was in uns selbst liegt, kann uns niemand nehmen.«

»Alles, was ihr habt, alle Sicherheit liegt im Brunnen«, beharrte der Schatzmeister.

»Die Gegenwart ist die einzige Sicherheit, die wir haben. Jeder nicht gelebte Tag schafft uns neben einer leeren Gegenwart auch eine leere Vergangenheit. Das Leben voll zu leben – das ist echtes Vermögen!«

»Dennoch. Ich halte es für einen Fehler, die Geldsteine im Brunnen zu belassen«, insistierte der Schatzmeister.

»Wenn wir die Geldsteine aus dem Brunnen hieven, wird er in kürzester Zeit wieder voll Wasser sein. Genug Wasser für die Tränen eines ganzen Volkes.«

»Das könnt ihr nicht tun. Mein Leben hängt davon ab«, drängte der Schatzmeister.

»Dein Leben hängt nicht davon ab.«

»Die Steine liegen im Brunnen. Das macht mich nutzlos.«

»Nicht die Steine sind es, die dir deinen Wert geben – du selbst musst das tun.«

Der Schatzmeister verstand nicht, was der Kaufmann ihm sagen wollte, und verließ noch am selben Tag das Anwesen.

35. Kapitel

Das ist mutig von Ihnen. Sie lassen Ihren Schatzmeister einfach ziehen?«, fragte der Mann.

»Wer gehen will, den soll man nicht aufhalten. Was wäre das für ein Elend, wenn mein Schatzmeister ohne mich leben kann, ich aber nicht ohne meinen Schatzmeister«, lachte der Kaufmann. »Keinen einzigen Stein werde ich je aus diesem Brunnen ziehen, solange meine Frau und ich leben. Jahrelang habe ich mich geplagt und Geld gesammelt wie andere Leute Pilze. Ich hatte so viel angehäuft, dass es für mehrere Leben ausgereicht hätte. Und was hat das gebracht? Ab einem gewissen Vermögen besitzt man nicht mehr das Geld, sondern das Geld besitzt uns. Ein Störenfried unserer Gelassenheit. Reichtum hält uns davon ab, glücklich zu sein, weil er uns in Ketten der Angst legt, ihn wieder entbehren zu müssen.«

»Sie meinen, es ist leichter, keinen Besitz zu haben, als ihn zu verlieren?«

»Ich glaube, Menschen sind glücklicher, wenn sie sich gerade so viel anschaffen, wie für den eigenen Bedarf ausreicht. Alles, was ihnen darüber hinaus fehlt, ist nur noch ein Gefühl, keine Tatsache. Wozu Überfluss? – Als Ausstellungsstück?«

Die beiden Männer schlenderten durch den Garten und setzten sich auf eine Mauer, deren Löcher und Kerben mit Spinnennetzen bespannt waren. Benetzt mit den Perlen des Morgentaus, sahen sie aus wie Kunstwerke.

»Weißt du«, sagte der Kaufmann, »mein größter Irrtum bislang: Geld mache frei. Aber Freiheit im Geist scheint die einzige Freiheit, die wir erlangen können. Wenn das überhaupt möglich ist. In jeder anderen Hinsicht sind wir doch alle gleichermaßen gefangen. Wie die Insekten dort im Spinnennetz«, sagte er und zeigte auf die Kerben in der Mauer. »Den einen fesseln Besitz, ein hoher Rang oder Verantwortung. Andere leiden unter ihrer ärmlichen Herkunft und den vielen Stolpersteinen, die ihnen im Weg liegen. Wieder andere stecken komplett in ihrem Leben fest und finden keinen Ausweg. Wir sind alle an das Schicksal gekettet.«

»Jedoch ist die Kette im ersten Fall lang, im zweiten Fall kurz und im dritten Fall kann sie eine so enge Schlinge um unseren Hals ziehen, dass sie uns jeglicher Handlungsmöglichkeiten beraubt«, sagte der Mann. »Hatten Sie früher nie Mitleid mit Mittellosen?«

»Das Schicksal zahlt ungerechten Lohn. Die einen sind reich. Die anderen arm. Die Dinge sind, wie sie sind. Großer Reichtum kann dich auch arm machen und Armut reich, wie ich nun selbst erfahren habe.

Warte nicht darauf, dass dir das Schicksal Reichtum beschert, erwarte Reichtum nur von dir selbst. Dann kümmerst du dich besser um dein Leben und bist näher an deinen Träumen.«

»Und doch können einen die Schläge des Schicksals hart treffen und uns nehmen, was uns wichtig ist.«

»Das kommt im Leben eines jeden Menschen vor. Auch mich hat das Schicksal mit seinem Schlag getroffen. Die Wucht an Übeln kann jederzeit über jeden von uns hereinbrechen. Daher sollten wir demütig und dankbar sein, wenn wir verschont bleiben. Alles Leid, was wir sehen, hat auch zu uns freie Bahn. Dafür braucht es nicht einmal lange Zeiträume. Eine einzige Sekunde kann zwischen Glück und Unglück liegen. Das ist uns oft nicht bewusst.«

»Aber manchmal sind die Schläge so gewaltig, dass alles in uns zusammenbricht.«

»Auch solche entlassen uns nicht unserer Verpflichtung gegenüber uns selbst, aus unserem Leben noch ein gutes zu machen. Du kannst in jedes Leben blicken und wirst überall Schicksalsschläge entdecken. Den einen treffen sie früh, den anderen spät. Keiner kann sich vor den Sturzbächen des Unglücks verstecken. Das wahre Leben findet jeden. Und sind die Schläge noch so hart, sie befreien uns nicht davon, unser Leben nach einer Weile immer wieder neu in die Hand zu nehmen. Unglück trübt unsere Vergangenheit und belastet unsere Gegenwart, aber wir dürfen nicht zulassen, dass es uns auch unsere Zukunft raubt. – So, und nun muss ich gehen.« Der Kaufmann stand auf. »Die Verpflichtungen.« Dabei zeigte er auf das Spinnennetz und lächelte. Und weg war er.

Der Mann verbrachte noch den ganzen Tag im Garten des Kaufmanns. Alles blühte, alles duftete. Am Himmel zogen weiße, harmlose Wolken. Vom Hügel aus gesehen – Grün, so weit das Auge reichte. Hier und da deuteten sich in der Ferne die Dächer einiger Inseldörfer an. Weit draußen glitzerte das Meer.

36. Kapitel

»Ein Mann von beachtlicher Geistesgröße«, dachte er, als er am nächsten Morgen dem Kaufmann die Hand zum Abschied schüttelte. Vieles war ihm in den Gesprächen der letzten Tage klar geworden. Aber nun war es Zeit, weiterzuziehen, um seinen Vogel aufzuspüren.

Der Handelsmann hatte ihm geraten, den Imker an der Ostküste der Insel aufzusuchen. Er suche die Bäume der gesamten Insel nach Bienenvölkern ab und kenne jedes Blättchen und jedes Tier der Insel. Der Imker wisse sicher, wo der bemerkenswerte Vogel lebe, nach dem der Mann fahndete.

»Und vergiss nicht, unbedingt Rast zu machen, wenn du auf die Gaststätte triffst«, hatte der Kaufmann gesagt. »Es ist die einzige auf dem weiten Weg bis zum Imker.«

Der Mann schlenderte die Allee mit den Magnolien entlang, die bei seiner Ankunft noch ihren Winterschlaf hielten. Eine Komposition aus Zitrusnoten, Tau und würzigem Aroma umschwebte ihre Zweige und kroch in seine Nase. Eine vollkommene Duftlandschaft breitete sich aus.

37. Kapitel

Vor ihm stand ein Glas Wasser. Es war zu drei Vierteln gefüllt. Gierig griff der Mann danach und stürzte das Wasser den Rachen hinunter. Er hatte es noch nicht vollständig geleert, da griff er schon wieder nach der Karaffe und füllte es auf. Er goss es so voll, dass das Wasser überschwappte.

»Wäre es nicht sinnvoller, erst auszutrinken und dann nachzugießen?«, unterbrach ihn ein alter Mann, der ebenfalls Rast in der Gaststätte machte. »Du verschüttest ja alles.«

»Meine Kehle ist so trocken wie Schmirgelpapier«, keuchte der Mann und nahm wieder einen großen Schluck. »Der Weg hierher war weiter, als ich dachte. Stunden bin ich marschiert, ohne einen einzigen Tropfen Wasser.«

»Dein Durst wird nicht rascher gestillt, wenn du die Hälfte des Wassers verschüttest.«

Wieder nahm der Mann die Karaffe und goss das Glas so voll, dass das Wasser überlief.

»Wie lange dengelst du eine Sense?«, fragte der Alte.

»Wie lange ich eine Sense dengele? Bis sie so scharf wie möglich ist.«

»Würde es nicht ausreichen, sie so lange zu hämmern, bis sie scharf genug ist?«

»Wie meinst du das?«

»Na, bis sie scharf genug ist, um ihren Zweck zu erfüllen. Scharf genug, um Getreide zu ernten.« Der Alte fuhr sich mit der Hand über das Kinn. Es war gesprenkelt mit Barthaaren, die so stachlig waren wie die Fruchthülle einer Kastanie. »Wenn du die Sense schärfer machst, als sie sein muss, bedeutet das nicht, dass sie länger scharf bleibt. Du nutzt nur das Metall schneller ab und gehst die Gefahr ein, dich leichter daran zu schneiden.«

Der Mann hob seinen Kopf und drehte sich zum Alten um. »Ich verstehe nicht.«

»Ein Glas ist für eine bestimmte Menge Wasser gefertigt.«

»Und?« Der Mann verstand noch immer nicht, worauf der Alte hinauswollte.

»Du produzierst Überfluss. Du machst das Glas voller, als es verträgt. Zu voll. Und wenn du die Sense schärfer machst als nötig, ist das ebenso überflüssig.«

Der Mann legte seinen rechten Arm auf den Zinktresen der Bar und stellte das Glas in die Wasserpfütze, die er selbst verursacht hatte.

»Mist«, brummte er, als der Ärmel seines Hemdes mit Wasser vollgesogen war.

»Achte den leeren Raum«, sagte der Alte. »Wisse, wann es genug ist.«

Der Mann versuchte, den Ärmel auszuwringen. Dann fuhr der Alte fort: »Das gute Leben stellt sich ein, wenn man gerade genug hineingelassen hat und sich noch leeren Raum bewahrt. In einem überfüllten Leben hat nichts mehr Platz. Wenn du deine Aufmerksamkeit auf den leeren Raum richtest, wirst du wahrnehmen, dass alles, was du hast, genügt.«

»Was meinst du damit?«

»Ich will dir sagen: Neuen Möglichkeiten Raum zu schenken ist genauso wertvoll wie Erreichtes.«

Dann stand er auf, warf ein paar Steinchen auf den Tisch und ging. Der Mann saß noch eine Weile an der Bar – mit gesenktem Blick und tropfnassem Ärmel.

38. Kapitel

Noch immer keine Spur vom merkwürdigen Vogel. Dabei war das doch die Insel des ewigen Frühlings. Der Pfad zur Ostseite war kaum ausgetreten. Er war uneben und von Unkraut bewachsen. Manchmal musste der Mann raten, in welche Richtung es weiterging. Kein Weg. Dann wieder Andeutungen von Schuhabdrücken im sandigen Boden. Der Mann kämpfte sich durch das Dickicht, bis er schließlich das Haus des Imkers erreichte. Zahlreiche Bienenvölker tummelten sich um die Bienenstöcke. Der Imker war gerade dabei, sie einzuräuchern, um den Honig aus den Waben abstreichen zu können.

»Damit sie weniger stechen«, sagte er zu seinem Besucher, den er schon von Weitem gesehen hatte.

»Das hoffe ich – für uns beide.«

Die Männer lachten. Der Imker hatte lebhafte Augen, dichte Locken, kräftig wie Holzwolle, und Koteletten in der Konsistenz von Filz, die sich über die Wangen zogen und sich am Kinn fast berührten. Er war klein, und darum sah er etwas dick aus, was sich bei genauerem Hinsehen als Täuschung erwies. Vielleicht lag es daran, dass er den Hosenbund zu weit hochgezogen hatte.

»Ist nicht leicht, dich zu finden«, sagte der Mann. »Wenn schon ich Schwierigkeiten damit habe, wie finden die Bienen hierher zurück?«

»Du meinst, wie die Bienen das Einflugloch ihres Bienenstocks finden? Sie orientieren sich an der Umgebung, an den Farben des Bienenhauses und am Stockgeruch, der ihren Staat umgibt.«

»Ein ausgefeiltes Ortungssystem. Das hätte ich auch gern.«

»Jeder hat ein Ortungssystem für seine Belange.«

»Dann habe ich noch nicht herausgefunden, wie meines tickt.«

»Du bist auf der Suche?«

»Nach einem besonderen Vogel«, antwortete der Mann. »Der Kaufmann meinte, du könntest mir vielleicht helfen.«

»Was für einen Vogel?«

»Seine Federn sind bunt wie ein Malkasten, er leuchtet wie ein Feuerwerk, und was er berührt, beginnt zu blühen.«

»Gäbe es einen solchen Vogel hier auf der Insel, würde ich ihn ganz gewiss kennen.«

»Du hast ihn noch nie gesehen?«

»Warum vermutest du ihn auf unserer Insel?«

»Da, wo der Vogel ist, ist Frühling.«

»Vielleicht braucht diese Insel deinen Vogel gar nicht, weil hier immer Frühling herrscht.«

Der Imker unterbrach seine Arbeit und führte den Besucher ins Haus. Der Mann folgte ihm mit hängendem Kopf.

»Enttäuscht?«, fragte der Imker.

»Meine Reise scheint ein endloser Irrweg zu sein.«

»Manchmal wünscht man sich etwas, weil man sich etwas ganz Bestimmtes darunter vorstellt. Und wenn uns das Universum dann dieses Geschenk macht, kommt es vor, dass sich dahinter etwas ganz anderes verbirgt. Nicht zu bekommen oder nicht sofort zu bekommen, was man sich unbedingt wünscht, kann sich als Lebensglück erweisen. Vielleicht sollst du noch etwas anderes erleben, und die Zeit ist noch nicht reif für deinen Vogel.«

Sie setzten sich an den Tisch in der Küche. Die Sonne stand schon tief und schien schräg durch das Fenster auf den Holzboden.

»Vielleicht hätte ich dem Vogel gar nicht folgen sollen«, sagte der Mann, den Kopf in die Hände gestützt.

»Siehst du die Fliege dort an der Scheibe?«, fragte der Imker.

»Sie findet nicht den Weg nach draußen.«

»Sie klebt zu dicht an der Scheibe«, sagte der Imker. »Sieh«, er öffnete das Fenster, »selbst wenn ich ihr dabei helfen möchte, indem ich das Fenster öffne, findet sie den Weg nicht. Sie müsste sich von der Scheibe lösen und in den Raum hineinfliegen. Ins Dunkle.

Von ihrem Ziel weg. Denn nur aus der Ferne kann sie den Weg zum Ziel finden.«

»Zu Hause war ich zu nah dran?«, fragte der Mann.

»Vielleicht«, sagte der Imker und goss ihm eine Tasse Tee mit Honig ein.

39. Kapitel

Macht dich deine Arbeit mit den Bienen glücklich?«, fragte der Mann.

»Ich finde sie sinnvoll«, antwortete der Imker.

»Und glücklich?«

»Tut mir leid. Ich verstehe deine Frage nicht.«

»Na, glücklich. Ich meine, ist das nicht das höchste Ziel?«

»Ich finde, das unentwegte Streben nach Glück ist überbewertet«, sagte der Imker.

»Überbewertet? Wir alle wollen doch glücklich sein.«

»Nach was suchen Menschen wirklich? Nach Glückseligkeit oder nach Sinnhaftigkeit?«

»Ist das nicht dasselbe?«, fragte der Mann.

»In meinen Augen gibt es einige Dinge, die zwar nicht immer glücklich machen, aber dennoch Sinn stiften. Ich denke, für das Wohlbefinden ist Sinnhaftigkeit wertvoller als Glückseligkeit, denn Sinn ist stabiler als Glück. Wenn man den Sinn für sich gefunden hat, ist man nicht mehr so abhängig von zufälligen Momenten. Glück hingegen ist sehr fragil. Ein glücklicher Moment taucht aus dem Nichts auf und verschwindet im Nu wieder.«

»Sinn ist beständiger, da stimme ich dir zu.«

»Ich glaube, das unentwegte Streben nach Glück bringt uns weg von uns selbst. Auf seiner Suche driften wir in die Außenwelt und erwarten von ihr ein gutes Gefühl. Das macht uns von äußeren Umständen abhängig. Wenn wir hingegen Sinn suchen, konzentrieren wir uns auf uns selbst. Wir nehmen uns Zeit und Ruhe herauszufinden, was uns ausmacht, warum wir hier sind. Das bringt unsere Seele ins Gleichgewicht. Und wenn wir in unserer Mitte sind, tun wir automatisch Dinge, die aus uns kommen, die zu uns passen. Bei mir ist es die Beschäftigung mit den Bienen. Dann verschwindet das krampfhafte Suchen nach Glück automatisch, und die Glücksmomente stellen sich von selbst ein.«

»So habe ich es noch nie gesehen. Aber das, was du sagst, ergibt Sinn.« Der Mann strahlte.

Der Imker setzte neuen Tee auf.

40. Kapitel

Er hatte viel über Bienen gelernt und darüber, welche Methoden sie einsetzen, um den Weg zur Blüte und zurück zum Bienenstock zu finden. Auch darüber, wie Bienen in ihrer ganz eigenen Art miteinander kommunizieren. Vor allem aber hatte er verstanden, dass es in seinem Leben um ihn ging, nicht um die anderen. Und um mehr, als er bisher glaubte.

Den wundersamen Vogel hatte er zwar noch immer nicht gefunden, aber dafür ein Stück mehr von sich selbst. Der schwarze Mantel, der jahrelang eng um seine Seele geschnürt war, löste sich allmählich. Auf dieser Reise schien es ihm nach und nach möglich, die Bürde der Vergangenheit abzulegen und endlich frei für den Augenblick zu werden. Er reiste allmählich mit weniger Gepäck auf den Schultern, dafür aber mit mehr Vermögen im Herzen.

Pfeifend machte er sich am nächsten Morgen auf den Weg. Es hatte die ganze Nacht geregnet. In den Pfützen spiegelten sich die Schwalben, die den feuchten Lehm für ihren Nestbau nutzten. Unweit des Hafens hörte er ein ihm vertrautes Zwitschern, das immer betörender wurde. Der Gesang war so lieblich, dass ein Hauch von Wärme durch seinen Körper strömte. Er kannte diesen Gesang. Tatsächlich! Es war der Gesang seines Vogels. Er riss die Augen auf und tastete sich durchs Gebüsch. Sanft schob er Zweig für Zweig beiseite. Es knackte. Und dann stand er genau vor ihm.

Der Zaubervogel saß auf dem Ast eines jungen Apfelbaums und sang. Behutsam krochen die Blüten aus ihren Knospen und sprangen auf. Sie leuchteten wie kleine weiße Sterne. Seltsam, auch um die Füße des Mannes herum brach der Boden auf, und ganz ungewöhnlich schöne, ihm nicht vertraute Blumen steckten ihre Köpfe aus der Erde. Ein Schauspiel, als sei er eigens zu diesem Zweck auf die Welt gekommen. Kräftige Aromen tanzten in der Luft und stiegen ihm in die Nase, um dort in mannigfaltige Duftnoten zu explodieren. Eine Mischung aus Maiglöckchen, Orangenblüten und Heliotrop auf Amber, Ylang-Ylang, Jasmin, Amaryllis und Boronia und der frischen Herznote der Apfelblüte. Ein Urknall von Düften, der die Sinnlichkeit ganzer Blumenfelder besaß. Er atmete tief ein und trank das Aroma der Leichtigkeit.

Der Mann stellte sich auf die Zehenspitzen und streckte sich so sehr nach dem Zaubervogel, dass seine Fingerkuppen gerade so die Flügel streiften. Mit der Berührung des Vogels fuhr eine Kraft durch seinen Körper mit einer Wucht, die ihn beben und nahezu abheben ließ. Vor seinen Augen alle Farben dieser Erde.

Plötzlich ein Krachen hinter ihm. Der Mann ließ sich zurück auf die Füße fallen. Blitzschnell drehte er sich um. Er hörte, wie eine mächtige Geröllawine ins Meer klatschte. Dann Stille.

Nach einer Weile die Stimme eines Mädchens:

»Oh nein!«

Stille. Nur das dumpfe Tosen der Brandung.

Dann wieder die Stimme des Mädchens: »Nein! Meine Träume!«

Der Mann blickte sich um und schaute hoch zu seinem Vogel.

Das Mädchen schluchzte. »Meine Träume!«

Hin- und hergerissen wandte der Mann seine Aufmerksamkeit abwechselnd der Stimme zu, dann wieder dem Vogel. Was tun?

Er rannte in die Richtung, aus der das Rufen des Mädchens kam, drehte sich jedoch immer wieder um, um den Vogel nicht aus den Augen zu verlieren. Schließlich erreichte er eine Klippe, auf der ein weinendes Mädchen stand, starr wie Gestein, das Gesicht in den Händen vergraben. Ihr Haar war mit einem Band zu einem Pferdeschwanz zusammengebunden und schlängelte sich wie ein Fluss über den Nacken des Mädchens und weiter den Rücken hinunter. Der Mann spähte über die Klippe. Die äußere Flanke des

Felsens hatte sich gelöst und war in die Tiefe gestürzt. Das Gestein der Klippe musste porös geworden sein. Wie ein Schwamm schien es den nächtlichen Regenfall aufgesogen zu haben, und die geschwächte Bergflanke war schließlich hinuntergekracht. Eine gigantische Schleifspur hatten die niedergehenden Felsbrocken hinterlassen. Auf halber Höhe bis zum Meer hatte der Bergrutsch eine Einbuchtung gesprengt, in der sich Geröll gesammelt hatte. Aus dem Steingebröckel schossen Papierschnipsel heraus wie junge Pflänzchen.

»Meine Träume!«, rief das Mädchen. Allmählich gewann es die Fassung wieder und nahm die Hände vom Gesicht. »Das Riff meiner Träume. Jedes Jahr an meinem Geburtstag komme ich hierher und notiere meine Träume auf einem Zettel. Ich bewahre sie in einer Schachtel aus Holz auf, die hier an der Klippe unter einem Stein vergraben lag. Und nun hat das Unwetter meine Schachtel mit in die Tiefe gerissen und all meine Träume zerschlagen.«

Der Mann drehte sich zu seinem Vogel um. Noch immer saß er im Apfelbaum und sang. Jetzt konnte er ihn nicht ziehen lassen. Jetzt nicht. So weit war er ihm gefolgt. So nah ihm gekommen.

Er wandte sich wieder dem Mädchen zu, streckte seine Nase ein zweites Mal nach vorn über die Klippe und schaute hinunter in die Geröllhalde. Dort unten steckten sie fest. Die abgestürzten Träume des kleinen

Mädchens. Inzwischen hatte der Vogel aufgehört zu singen und flatterte vom Ast. Die Blüten krochen zurück in ihre Knospen, die Blumen steckten ihre Köpfe zurück in die Erde. Weiter und weiter flog der Vogel. Nun befand er sich direkt über dem Mann. Das Weinen des Mädchens in seinen Ohren, die Sehnsucht nach dem Vogel in seinen Augen. Er streckte seinen Arm so weit er konnte nach dem Vogel aus, ganz knapp gelang ihm die Berührung des Federkleids. Doch das Schluchzen des Mädchens zwang seine Füße auf den Boden zurück. Die Zerrissenheit schien sein Herz in zwei Teile zu sprengen. – Er ließ seinen Vogel ziehen.

Nun atmete er so tief ein, als könne er sich damit den Mut des ganzen Universums einverleiben, und erst als selbst die kleinste Kammer seiner Lunge mit Luft gefüllt war, stieß er den Atem aus und machte sich daran, rückwärts den steilen, fragilen Hang hinunterzuklettern.

Immer wieder lösten sich Steinklumpen unter seinen Stiefeln und platschten ins Meer. Die Gischt spritzte meterhoch und hüllte ihn in Nieselschauer. Gekreisch von Sturmvögeln. Und immer wieder lösten sich ganze Gesteinspakete unter seinen Händen, als er versuchte, sich darauf abzustützen. Mit Todesangst in den Augen blickte er zum Himmel hinauf. Dort sah er, ganz weit oben, seinen Zaubervogel kreisen. Mit aufgefächerten, weiten Flügeln und in gleichmäßigen Schwüngen zog er davon. Fort von der Insel, fort von ihm.

41. Kapitel

Mit dem letzten Tritt löste sich ein elefantengroßer Brocken Fels direkt unter seinen Füßen und riss ihn mit sich. Einige Meter tiefer schlug er direkt neben dem Geröllhaufen auf, aus dem die verschütteten Träume herausschauten.

Der Mann prüfte seine Handgelenke, Ellbogen, seine Füße, seine Beine. Alles unversehrt. Er stützte sich auf die Knie und kroch übers Geröll zu den Papierschnipseln. Eine Handbreit neben ihm offenbarte das Gefälle die Tiefen des Abgrunds. Um Haaresbreite, dachte er und begann, die Träume des Mädchens aus dem Geröll zu zupfen. Manche musste er freischaufeln – mit bloßen Händen. Ab und zu das Donnern von Wellen, Augenblicke danach Spritzer von Gischt.

Dann endlich hielt er sie alle fest in seinen Händen, die Träume. Er schaute nach oben zur Klippe, auf der das Mädchen – aus dieser Perspektive winzig wie ein Vögelchen – noch immer reglos stand.

Er tastete sich ganz dicht am Felshang entlang, bis er einen Weg mit festem Boden erreichte, der zurück zur Klippe führte. Oben angekommen, streckte er dem Mädchen den Zettelknäuel hin.

»Du hast meine Träume gerettet!«, rief es und fiel dem Fremden um den Hals.

»Von nun an pass besser auf sie auf.«

Das Mädchen nickte lächelnd, drehte sich um und lief davon. Lange sah er ihr nach, bis das Baumeln des Pferdeschwanzes hinter Bäumen verschwand.

Zum ersten Mal auf seiner Reise weinte er. Und mit jeder Träne, die er vergoss, fühlte er sich leichter.

42. Kapitel

Der Mann auf der unscharfen Grenze zwischen Leben und Tod. Beides war möglich. Beides stets zugegen. Nicht jetzt, nein, sondern in all den vergangenen Jahren. Heute hatte er nur verhindert, dass die Träume eines kleinen Mädchens sterben.

Wir alle sind sterblich, in jedem Moment, trommelte es durch seinen Kopf, und dennoch verhalten wir uns bis an die Schwelle von Krankheit, Unglück oder Alter, als lebten wir immer weiter. Man weiß nie, in welcher Minute er kommt und einen mitnimmt, der Tod. Er kündigt sich uns nicht an.

Er nahm das Beutelchen mit dem Goldstaub aus seiner Hosentasche, öffnete es und zog den leeren Zettel heraus, der sich im Ei befunden hatte. Dann ließ er etwas vom Goldstaub daraufrieseln. Die Mittagssonne brach sich im goldenen Puder und ließ ihn funkeln wie Glimmer. Er betrachtete das Glitzern auf dem weißen Blatt Papier. Schlagartig sah er sein Leben anders und stellte fest: Die Spiegelung der Träume in unseren Augen ist ebenso schön wie die Träume selbst, und das Abbild des Lebens in unserer Seele ist ebenso kostbar wie das Leben selbst. Er verstand, dass der Grund seiner Existenz tief in seiner Seele verborgen lag. Wir sind mehr, als wir denken. Wir sind mehr, als wir wissen.

43. Kapitel

Er wartete auf das Schiff, das ihn zum südlich gelegenen Festland bringen sollte. Er hoffte, dort den Vogel wiederzufinden.

Plötzlich stand eine junge Frau vor ihm – und mit ihr die Erinnerung. Die junge Frau war schön – wie sie damals. Und sie glich ihr. Da lag es mit einem Mal vor ihm ausgebreitet, sein ganzes Leben, seine ganze Vergangenheit. Holte sie ihn erneut ein? Ein schmerzvoller Rückblick. Oder schenkte ihm das Leben noch einmal eine Chance?

Wie Messing leuchtete das Haar der jungen Frau in der Sonne.

»Bist du mit der Fähre gekommen?«

»Ich bin schon seit ein paar Tagen auf der Insel«, sagte der Mann. »Ich warte auf das Schiff, das mich zum Festland bringen soll.«

»Wie schade. Du gehst?«

»Ich reise heute weiter.«

Die junge Frau setzte sich auf den Poller neben ihm. »Wirklich bedauerlich.« Sie strich sich eine Strähne aus dem Gesicht. »Ich sehe kein Schiff. Bist du sicher, dass es heute kommt?«

»So steht es auf dem Plan«, sagte der Mann und

zeigte auf einen Holzpfahl, auf den der Fahrplan gepinnt war. Er krempelte sich die Hemdsärmel hoch und zog seine Taschenuhr aus der Hosentasche. »In Kürze sollte es eintreffen.«

»Eine schöne Uhr«, sagte die junge Frau.

In den Ohren des Mannes klang ihre Stimme wie Musik. Nicht aufdringlich, im Gegenteil, sie war weich, und doch übertönte sie das Tuckern der Fischerboote, die von ihrem Fang in den Hafen zurückkehrten.

»Ein Geschenk meines Vaters. Mein einzig wirklicher Besitz«, sagte der Mann. »Die Uhr ist über Generationen in der Familie weitergegeben worden. Immer vom Vater zum Sohn. An dem Tag, als ich ihn zum letzten Mal sah – ich war erst neun Jahre alt –, hatte er sie mir in die Hand gelegt und gesagt: ›Auch wenn du mich irgendwann nicht mehr sehen kannst, solange du diese Uhr mit dir trägst, bin ich immer da.‹«

»Ein wertvolles Stück.«

»Sie bewahrt mir den Frieden meiner Kindheit. Ich trage sie immer bei mir. Ohne diese Uhr fühle ich mich nackt. Dann fehlt ein Teil von mir. Es ist das Stück Vergangenheit, das mir mein Vater geschenkt hat. Die Erinnerung an ihn, seine Stimme, seine Umarmungen.«

»Eine kostbare Uhr.«

»Unersetzbar.«

»Unbezahlbar«, sagte die junge Frau, »darf ich sie mal näher anschauen?«

»Ungern«, sagte der Mann. »Sei mir nicht böse, aber ich gebe sie nie aus der Hand. Nicht einmal für kurze Zeit.«

»Verstehe«, sagte die junge Frau und zwang sich zu einem Lächeln.

Sie saßen nebeneinander und blickten, jeder für sich, aufs Meer. Keiner sagte ein Wort. Hatte er sie verletzt? Die Wellen glitzerten in der Sonne wie die Schneekuppen einer Gebirgskette. Dann in der Ferne am Horizont: das Schiff.

»Es kommt«, sagte die junge Frau.

Der Mann beugte sich zu ihr hinüber und sah sie an. Auch aus der Nähe verlor sich ihre Ähnlichkeit mit der Frau nicht, die ihm einst alles bedeutet hatte. Oder wünschte er sich das nur?

Inzwischen war das Schiff im Hafen angelangt. Es steuerte die Anlegestelle an. Beim Einlaufen stieß es leicht an das Reibholz, das zwischen der Bordwand und der Anlegestelle im Wasser trieb. Der Bootsmann stand am Bug des Schiffes. Gekonnt schleuderte er das Auge des Taus zum Festmachen über den nächsten Hafenpoller. Jetzt legte er die laufende Leine in mehreren Rundtörns um den bordseitigen Doppelpoller und bremste das Schiff ein. Er brachte die Vorausleine an, straffte sie, und zum Schluss machte er das Heck fest. Ein Dutzend Menschen verließen das Boot.

Die junge Frau fragte: »Kannst du nicht noch bleiben?«

In ihm zog sich alles zusammen. Er hatte gehofft, sie würde diese Frage nicht stellen. Er fühlte sich zu dieser Frau auf seltsame Weise hingezogen, und doch sagte ihm seine innere Stimme, er solle besser weiterziehen. Was tun? Er wollte keine kostbare Lebenszeit mehr verstreichen lassen. Es war Zeit für seine Träume. Doch was waren seine Träume? Noch vor wenigen Stunden gab es nichts Wichtigeres für ihn, als weiterzuziehen, um den Vogel und den Frühling zu finden. Und jetzt?

»Das geht leider nicht«, entfuhr ihm. »Ich muss gehen. Ich bin auf der Suche nach einem außergewöhnlichen Vogel.«

»Nach einem außergewöhnlichen Vogel?«

»Sein Gesang ist lieblich-süß, sein Gefieder ist bunter als die berauschendsten Augenblicke meines bisherigen Lebens, und alles, was er berührt, erwacht.«

»Ach, diesen Vogel meinst du!« Die junge Frau schürzte die Lippen.

Er zog die Stirn in Falten. »Du kennst ihn?«

»Klar.«

»Und du weißt, wo ich ihn finden kann?«

»Natürlich.«

»Aber ich dachte, er hätte die Insel längst verlassen, sei weitergeflogen, fort …«

»Er ist hier. Ganz in der Nähe des Hafens hat er sein Nest.«

Der Mann war so überwältigt, dass seine Augen feucht wurden und ihm selbst ganz schwindelig.

»Soll ich dich zu diesem Vogel bringen?«

»Das würdest du tun?«

»Klar. Aber du musst wissen, der Weg dorthin ist ein Geheimnis. Ich müsste dir die Augen verbinden, wenn ich dich dort hinführe.«

»Tu, was du tun musst. Hauptsache, ich finde ihn«, sagte er schnell. Er wusste nicht, was er glauben sollte, und glaubte alles.

Inzwischen war das Schiff schon wieder beladen, und die Fahrgäste zugestiegen. Der Bootsmann löste die Leinen. Das Schiff legte ab und glitt lautlos hinaus auf die glitzernde See. Diese gewaltige, offene Bläue über dem Meer.

Kurz darauf war der Hafen wie ausgestorben. Kein Mensch war mehr zu sehen, auch die Fischer hatten ihre Boote verlassen, und kein einziger Vogel kreiste am Himmel. Nicht einmal eine Möwe. Nichts.

Die junge Frau löste das Tuch, das sie sich in der Taille um ihr Kleid gebunden hatte, und verband dem Mann die Augen. Dann nahm sie seine Hand.

44. Kapitel

Es war merkwürdig, nichts zu sehen und sich mit verbundenen Augen einer fremden Frau anzuvertrauen. Doch auch wenn es sich irgendwie falsch anfühlte, mit ihr zu gehen, statt seinen Weg wie geplant fortzusetzen, folgte er ihr. Sie würde ihn zu seinem Vogel führen, und das allein zählte.

Der Weg war mühsam. Er führte durch Dickicht und Geäst. An einer besonders engen Stelle zerschnitten Dornen eines in den Weg ragenden Astes sein Hemd und bohrten Wunden in seine Haut. Der Mann biss die Zähne zusammen.

»Gleich sind wir da«, beruhigte ihn die junge Frau. Ihre Stimme hatte jetzt nicht mehr den süßen Klang. Ihr Ton war schroff und angespannt.

Am liebsten hätte sich der Mann die Augenbinde weggerissen, doch er wollte kein Spielverderber sein, also ließ er sich an der Hand der Frau weiter durch das Dickicht führen. Wie viele Dornen seine Haut zerkratzten, war ihm egal. Endlich würde er seinen Paradiesvogel wiederfinden und ihn nie mehr loslassen.

Plötzlich spürte er, wie jemand vor ihm stand. So dicht, dass der Mann selbst ohne Augenbinde weder links noch rechts hätte vorbeischauen können – wie eine Sonnenfinsternis.

Mit rauchiger Stimme sprach der Mann ohne Gesicht: »Da bist du ja endlich, was bringst du?«

Abgestandener Atem schlug ihm entgegen. Der Mann wich zurück. Es fühlte sich an, als kröche eine kalte, glitschige Echse über seinen Rücken. Die Starre zog sich bis in die feinsten Muskeln seines Körpers. Er stieß seine Hand in die Hosentasche und klammerte sich an das Beutelchen mit dem Goldstaub und dem leeren Zettel. Irgendetwas stimmte nicht. Unauffällig zog er das Beutelchen aus der Hosentasche, ließ es fallen und schaufelte mit den Schuhen etwas Erde darüber.

»Seine Uhr«, sagte die junge Frau, und noch bevor er sich versah, ein dumpfer Knall. Ein Stück Holz traf mit Wucht seinen Kopf, und er fiel um.

45. Kapitel

Als er erwachte, schmerzte alles: Sein Kopf, sein linker Arm, sein linkes Bein, der Rücken. Er riss die Augen auf. Alles stockdunkel. Noch immer war das Tuch der jungen Frau um seinen Kopf gebunden. Jetzt erinnerte er sich. Er zerrte es herunter, schrie vor Schmerz. Man hatte ihn übel zusammengeschlagen und auf einen Haufen dürres Geäst geworfen. Irgendetwas lag auf seinem Bauch. Er tastete sich langsam zum Bauch vor und fuhr zusammen.

Sie hatten einen toten Vogel auf ihn geworfen – zur Krönung des Überfalls. Mit Pinzettengriff packte er das tote Tier – eine gewöhnliche Amsel – an den Federn und schleuderte es ins Geäst. Ekel kroch durch seinen ganzen Körper.

Er versuchte, sich aufzurichten, doch der Schmerz zwang ihn wieder auf den Rücken. Nochmals nahm er alle Kraft zusammen und stützte sich mit dem unverletzten rechten Arm ab. Nach einer Weile gelang es ihm, sich aufzusetzen. Sein Atem wie eine Dampflock. Dann, plötzlich, war er hellwach. Seine Uhr! Weg war sie. Man hatte ihm das Kostbarste geraubt. Seine Erinnerung.

Nachdem er eine ganze Weile im Geäst saß, Hemd und Hose blutverschmiert, das Gesicht in den Händen vergraben, mit Tränen, die von den Handgelenken tropften, schoss ihm durch den Kopf: Der Goldstaub! Er nahm die Hände vom Gesicht, rutschte ein Stück nach vorn, schaufelte mit dem Fuß die Erde beiseite und tastete nach dem Beutelchen. – Es war noch da! Sie hatten es nicht gefunden. Und sein Notizbüchlein? Mit dem linken, verletzten Arm tastete er sein Hosenbein ab. Ein höllischer Schmerz ließ ihn nochmals aufschreien. – Zum Glück. Auch das Notizbuch war noch da. Es steckte noch immer tief in seiner linken Hosentasche. Wenn man ihm schon den Glanz seiner Erinnerung geraubt hatte, dann wenigstens nicht die Hoffnung auf die Zukunft.

Der Mann stierte wie gelähmt auf seine zerrissenen Kleider, auf seine Wunden, und immer wieder legte er seine Hand auf die leere Hosentasche, in der seine Uhr fehlte.

Plötzlich hörte er Schritte. Knacken im Gebüsch. Kamen sie jetzt zurück, um ihm auch noch die Zukunft zu nehmen? Würden sie ihn töten?

46. Kapitel

Es war nur ein Kreuzfuchs, der Blut gerochen hatte. Sein Fell glänzte wie Kupfer in der Sonne, der schwarze Streifen seines Rückens schlich durchs Geäst wie eine Schlange, die nach Beute sucht. Der Mann schleuderte den Rucksack nach ihm. Der Fuchs wich zurück, dann trat er die Flucht an. Einen Augenblick lang war sein Hinterteil mit dem nach unten hängenden weißen Bauch noch zu sehen, dann war er weg. Glück gehabt. Angst hockte in seinen Augen. Er musste von hier verschwinden. So schnell wie möglich. Bevor sie zurückkamen oder ein Tier über ihn herfallen würde.

Alles schmerzte. Es war niemand da, der kommen und ihm die Hand reichen würde. Hier im Dickicht würde man ihn nicht finden – wünschte er es sich auch noch so sehr, aber so ist das Leben nicht. Er hatte nur sich selbst – man hat immer nur sich selbst.

Er versuchte, beide Hände in die Erde zu stemmen und sich ganz aufzurichten. Ohne Erfolg. Erschöpft sackte er wieder zusammen. Er hob erneut den Kopf, klemmte die unteren Zipfel seines Hemds fest zwischen die Zähne und zerriss es mit der rechten Hand. Mit den Stofffetzen verband er seine Wunden.

Schließlich beugte er sich so weit vor, wie er konnte, um sich mit Händen und Knien abzustützen. Zitternd stand er auf. Dann bückte er sich nochmals und zog das Beutelchen mit dem Goldstaub und dem leeren Zettel aus der Erde, steckte es zurück in seine Hosentasche und kämpfte sich auf wackligen Beinen durch das Dickicht.

Erst nach Stunden der Qual erreichte er einen ausgetretenen Pfad. Gerade noch rechtzeitig, bevor sich die Nacht über die Insel legte. Ausgemergelt humpelte er den Pfad entlang. Die Dämmerung setzte ein, und bald war es finster.

Dann plötzlich funzelte eine Fackel in der Dunkelheit. Nur schemenhaft erkannte er die Gestalt eines Mannes. Ein junger Mann, der offenbar von der Arbeit im Hafen heimkehrte. Schockiert vom erbärmlichen Anblick des blutverschmierten Mannes ließ er seine Tasche fallen, und allerlei Kleinkram purzelte heraus.

»Um Himmels willen, was ist passiert?«

Die Lippen des Mannes zitterten: »Ich habe einen gewaltigen Fehler gemacht. Ich habe mich täuschen lassen. Blenden lassen. Ich habe geglaubt, in einer fremden Frau meine einzige Liebe wiedergetroffen zu haben, obwohl ich wusste, dass das nicht sein kann. Es war ein Wunsch. Bloß ein Wunsch. Und dieser Wunsch hat einen erstaunlichen Sieg über meinen Willen errungen.« Er fuhr sich mit blutverklebten

Händen durchs Haar. »Entgegen aller Einsichten habe ich mich verunsichern lassen und bin ihr gefolgt, anstatt meinem Ziel nachzugehen. Wie konnte ich nur so dumm sein?«

Der Jüngling verstand nicht.

»Und meine Erinnerung haben sie mir einfach gestohlen.«

»Du kannst dich nicht erinnern?«

»Kaltblütig haben sie sie mir entrissen, meine Erinnerung.«

Es gelang dem Jüngling nicht, das Wirrwarr, das der Mann von sich gab, zu entschlüsseln. »Du bist nicht von dieser Insel?«, fragte er.

»Nein. Ich wollte eigentlich das Schiff nach Süden nehmen. Es wäre so wichtig für mich gewesen. Und dann …« Wieder stiegen Tränen in seine Augen. Er strich über die nun leere Hosentasche. Mit einem Mal kroch die Trauer, die er jahrelang verdrängt hatte, in jede Faser seines Körpers. Er fühlte sich allein und fremd, inmitten dieser großen weiten Welt, die gar nicht mehr zu ihm zu passen schien.

Der junge Mann zog ein Taschentuch aus seinem Mantel. »Komm«, sagte er, »mein Haus ist nicht weit. Du kannst dich dort waschen, etwas essen und ausruhen, und wenn dir das Schiff nach Süden so wichtig ist, bringe ich dich morgen früh zum Hafen. Es wird auch morgen um dieselbe Zeit ablegen. Du hast also nur einen Tag verloren.«

Mein Leben entrinnt mir erneut, dachte der Mann, als er sich wortlos beim jungen Mann einhängte und humpelnd mit ihm nach Hause ging.

»Warum ist mir das passiert? Warum mir?«, nuschelte er nach einer Weile vor sich hin.

»Du kannst nichts für das, was dir passiert ist. Wenn unbeeinflussbare Dinge schlecht laufen, ist das nichts, was nur dir passiert, sondern es ist einfach so, wie das Leben eben ist«, sagte der Jüngling.

»Ich hätte es wissen müssen.«

Der junge Mann schwieg. Nach einer Weile erreichten sie einen Hügel, auf dem ein einzelnes, kleines Haus stand.

»Wir sind da«, sagte er.

Vom Haus aus hatte man Aussicht über die gesamte Insel. Im Süden sah man auf den Hafen und im Mondlicht das Glitzern des Meeres.

»Was für ein herrlicher Blick.« Der Mann staunte, abgelenkt vom eigenen Schmerz.

»Wie man es nimmt«, sagte der Jüngling. »Je höher man lebt, desto besser ist zwar die Aussicht, aber desto mehr Übel sieht man von der Welt. Und manchmal sehe ich zu viel davon.«

Die Männer streiften sich die Schuhe ab und betraten das Haus. Nach nur etwa einer Stunde saß der Mann gewaschen und in frischem Hemd und Hose am Tisch des Jünglings und stärkte sich mit etwas Brot, dankbar, dass er über Nacht bleiben durfte.

»Ich tue lediglich, was jeder andere auch tun würde.«

»Nicht jeder.« Der Mann zupfte sich das Hemd zurecht. Es war ein buntes Hemd, so wie er es gar nicht gewohnt war. »Ich trage meist Weiß«, sagte er. »Ich suche noch immer nach meiner Farbe.«

»Die beste Farbe für dich ist die, die nur du tragen kannst«, sagte der Jüngling und lächelte.

Am nächsten Morgen brachte er den Mann zum Hafen. Gerade rechtzeitig, bevor das Schiff auslief.

Als er an Bord ging und noch einmal zurückschaute, dachte der Mann: Das hier ist zwar die Insel des ewigen Frühlings, aber mein Frühling ist es nicht.

47. Kapitel

Es war heiß, als er das Schiff verließ. Die Luft trocken wie Asche. Schweißperlen auf seiner Stirn. Sie verdunsteten sofort und hinterließen winzige Salzkrusten auf der Haut. Die Augen brannten vom Gleißen der Sonne. Er schnürte sich seinen Rucksack um und marschierte landeinwärts. Die Hitze hatte den Boden unter seinen Füßen in zahllose Risse gesprengt.

Nach einigen Stunden mühsamer Wanderung fand er sich in der Wüste. Sand in allen Himmelsrichtungen. Dünen, so weit das Auge reichte. Kein Pfad mehr. Es gab nur noch den glühenden Sand, den Himmel und ihn. Wie war er bloß in diese Wüste gekommen? Welche Abzweigung hatte er verpasst? Oder war er vielleicht doch auf dem richtigen Weg? Aus welcher Richtung kam er überhaupt? Die Sonne stand senkrecht über ihm, somit unbrauchbar zur Orientierung. Er schaute sich um: keine Fußspuren. Jeder Schritt in dieser Wüste war der einzige Schritt, denn sobald die Stiefelsohle sich vom Sand löste, zerfiel der Abdruck darunter, und der feine Wüstenwind verwischte alles.

Unruhig hielt er Ausschau nach einer Oase. Er dachte zurück an die Gaststätte auf dem Weg zum

Imker, in der er sich so hastig Wasser ins Glas nachgegossen und das meiste verschüttet hatte. Wie viel würde er jetzt dafür geben, das vergeudete Wasser von der Tischoberfläche aufzulecken. Er zwang sich, nicht daran zu denken, weil diese Vorstellung seinen Durst noch quälender machte.

Endlich stieß er auf eine verlassene Lehmhütte. Links davon eine Regenwasserzisterne. Hastig lief er hinüber und beugte seinen Kopf über die Zisterne. Das Wasser darin war so trüb, dass es nicht einmal ein Spiegelbild warf. Gestank von Fäulnis kroch in seine Nase. Er verzog das Gesicht. Obwohl sein Mund so trocken wie ein Reibeisen war, beschloss er, ohne auch nur einen Schluck weiterzuziehen. Sein Herz raste. Ab und zu schwarze Flecken vor den Augen, die aber wieder verschwanden.

Nach einem weiteren Fußmarsch von etwa einer Stunde gelangte er erneut an eine Wasserstelle. Inzwischen war er so ausgetrocknet, dass sich im Gesicht Hautfalten wie ein Gebirgsrelief aufstellten, wenn er sich mit den Fingern an den Bartstoppeln zupfte. Auch nach dem Loslassen verschwanden die Falten nicht.

Der Mann beugte seinen Kopf über die Zisterne. Wieder nichts als trübes, stinkendes Wasser. Ekelhaft! Verzweifelt schaute er sich um. Plötzlich erblickte er in der Ferne eine Oase. Das Wasser darin so klar wie geschmolzenes Glas. Er biss seine Zähne zusammen, sammelte seine letzten Kräfte und taumelte in Richtung jener Quelle.

Als er den Ort in der Ferne erreichte, an dem sich die Oase noch vor wenigen Minuten gezeigt hatte, fand er nur Sand. Seine Zunge streifte den Gaumen wie Schleifpapier. Dann verließen ihn seine Kräfte. Schwärze vor seinen Augen.

48. Kapitel

Als er erwachte, lag er auf einer Pritsche in einem Zelt. Über ihn beugte sich eine Alte. Sie tauchte ein Tuch in einen Kübel mit Wasser und wrang es über seinem Mund aus.

»Wo bin ich?«

»Sie sind der List der Wüste zum Opfer gefallen«, sagte die Alte. Sie war eine kleine, beinahe zierliche Frau mit grauen Haaren, die sie auf ihrem Scheitel zusammengeknotet hatte, und einem unmerklichen Buckel, für den sie sich schämte, so schien es, denn sie zwang sich, übertrieben gerade zu stehen oder zu sitzen. Wenn sie sprach, sah man das weite Gebiss und die für ihr Alter recht schönen Zähne. Die Falten am Hals kräuselten sich nicht wie bei Hochbetagten, sondern wellig wie eine Wasseroberfläche bei Sommerwind. Der Mann rieb sich die Augen und schaute sich um. Zeltplanen mit eingesticktem, repetitiven Zackenmuster umgaben ihn. Teppiche, mehrschichtig, auf dem Boden. Dann versuchte er, sich aufzurichten, aber sofort fiel er wieder zurück auf die Pritsche.

»Ganz ruhig. Ruhen Sie sich aus.« Die Alte tropfte wieder Wasser über seinen Mund. Es war stickig und heiß wie in einer Gießerei.

»Was ist geschehen?«

»Trinken muss man dann, wenn man in der Gegenwart auf Wasser trifft. Nicht, wenn die Zukunft es an den Himmel malt.«

»Ich verstehe nicht.«

»Sie haben sich von einem Naturspiel täuschen lassen. Eine bloße Luftspiegelung hätte Sie um ein Haar das Leben gekostet.«

»Eine Fata Morgana?«

»Ein Phänomen, auf das man vorbereitet sein sollte, wenn man die Wüste durchquert.«

»Ich habe das klare Wasser ganz deutlich gesehen, ich erinnere mich.«

»Dann würden Sie kaum halb verdurstet hier liegen.«

»Eine Fata Morgana – tatsächlich?«

»Eine Illusion, ein leeres Versprechen. Sie hätten das Wasser trinken sollen, das Sie auf Ihrem Weg gefunden haben, junger Mann.« Die Alte sah ihn eindringlich an.

Der Mann rieb sich die Wassertropfen ins Gesicht, massierte sie ins Haar, auf seine Brust. Die erwartete Kühlung blieb aus. Die Luft in diesem Zelt war drückend und roch nach verstaubten Teppichen.

»Das Wasser war trüb, schmutzig und stank fürchterlich«, sagte der Mann.

»Sie hätten es abkochen können.«

»Wie? Ich hatte keine Streichhölzer mehr.«

»Dann hätten Sie sich überwinden und es trotzdem trinken sollen. Es war das Einzige, was Sie wirklich hatten. Es war Ihre Gegenwart.« Die Alte tauchte das Tuch erneut in den Wasserkübel. Dann fragte sie: »Was ist schlimmer, der Tod oder ein wenig Fäule?«

»Als ich an der zweiten Zisterne angelangt war und sich darin wieder nur unreines Wasser fand, sichtete ich den Glanzpunkt einer Oase am Horizont. Das Wasser darin war so herrlich klar, dass ich förmlich die Kühle eines Bergsees spürte. Ich eilte los«, sagte der Mann.

»Sie haben getan, was die meisten Menschen tun. Statt nach dem zu greifen, was sie wirklich besitzen, nämlich die Gegenwart, jagen sie Wunschbildern in der unsicheren Zukunft nach – die oft nichts sind als bloßer Rauch. Die Welt ist voll von diesen kleinen Einbildungen. Sie erscheinen gerade dann, wenn die Entmutigung am größten ist. Verzweiflung zaubert viele schöne Bilder an den Himmel.«

»Wir warten auf den Bestfall, die Blüte der Zukunft, das große Ereignis, das uns glücklich machen wird«, sagte der Mann.

»Das kann verheerend sein!«, sagte die Alte energisch. »Vor dem Einzigen, was Sie im Moment wirklich sicher hatten, sind Sie geflohen. Sie sind in die Zukunft gehetzt, ohne die Gegenwart für sich genutzt zu haben. Guter Mann, das Leben bietet einem für den Moment, was es einem in diesem Moment bieten kann. Die Gegenwart ist Ihr einzig wirklicher Besitz. Wenn Sie am Abend einen gut genutzten Tag Ihrer Vergangenheit hinzufügen, kann Ihnen diesen Tag niemand mehr nehmen.«

Diese Worte kannte er doch. Ja, richtig, der alte Mann im lieblichen Städtchen hatte ihm genau diese Botschaft mit auf den Weg gegeben. Jetzt wurde ihm ein wenig mulmig. Etwas Seltsames ging hier vor sich. Eigentlich schon während seiner gesamten Reise.

49. Kapitel

Am nächsten Morgen fühlte er sich noch immer schwach. Aber immerhin so kräftig, dass er vor das Zelt treten konnte. Er befand sich offenbar in einem Beduinenlager.

Die Alte stellte sich zu ihm. »Ihre Wunden, die haben Sie sich doch nicht bei Ihrem Sturz zugefügt?«

»Nein«, bekannte der Mann, »sie sind das Ergebnis einer weiteren Täuschung.«

»Sie sind also nicht nur einer Fata Morgana in der Wüste zum Opfer gefallen?«

»Nein.«

»Sondern?«

»Einer Illusion anderer Art.« Seine Augen wurden feucht.

»Junger Mann, Sie lassen sich zweimal nacheinander täuschen. In kürzester Zeit. Sie sollten achtsamer sein.« Beide schwiegen eine Weile.

Dann fragte der Mann: »Müssen Sie nicht losziehen?« Er nahm an, dass die Alte ebenso auf der Reise war und für ihr Ziel die Wüste durchqueren musste. Sie hatte sich in diesem Wüstendorf nur ausruhen wollen, weil es hier ein freies Zelt und Wasser gab. »Ich möchte Sie nicht aufhalten«, sagte er.

»Das hat keine Eile«, sagte die Alte, »durch Hast wird der Weg nicht kürzer.«

»Entschuldigen Sie, wenn ich das so sagen darf«, sagte der Mann leise, »aber Sie haben ja auch nicht mehr ewig Zeit.«

»Ich bin zu alt, um empfindlich zu sein.« Sie lachte.

»Wie können Sie dann so ruhig sein und mich pflegen, obwohl Ihnen selbst die Zeit davonläuft?«

»Weil Schnelligkeit uns letztendlich selbst überholt. Wir sind nicht für derart Geschwindigkeiten geschaffen, die wir tagtäglich erzeugen. Ich mache eins ums andere. Immer das, was mir wichtig ist. Und das dauert so lange, wie es nun mal dauert. Eine Rennfahrt durchs Leben ist genauso dumm wie eine Irrfahrt. Bei beidem verpasst man es.«

Die beiden traten ins Zelt zurück und setzten sich im Schneidersitz auf die Bodenteppiche.

»Die meisten irren ziellos umher, weil sie Sinn suchen«, sagte er.

»Sinnsuche ist die befahrenste Strecke auf dem Erdball«, sagte die Alte mit spitzer Zunge und streckte ihm den rechten Arm entgegen. »Sehen Sie meine Hand hier? Wenn Sie besonders viel fassen wollen und die Finger ganz weit auseinanderspreizen, fällt alles hindurch. Nur wenn Sie die Finger eng aneinanderschmiegen, können Sie mit Ihrer Hand eine Kuhle formen, in die man etwas hineinlegen kann.

Letztendlich erfassen Sie mehr, wenn Sie die Hand weniger weit öffnen. Das ist wie mit einem grobgeflochtenen und einem feingeflochtenen Sieb.« Sie ließ ihre Hand wieder sinken. »Und ähnlich ist es mit dem Herzen. Solange ein Herz bodenlos ist, werden Sie es mit nichts anfüllen können. Alles Wesentliche wird hindurchfallen.«

»Sie meinen, Sinn finden wir nicht, solange unsere Wünsche maßlos sind?«

»Wie soll in einem weitmaschigen Netz etwas hängenbleiben?«

Dem Mann wurde unheimlich. Er erinnerte sich an den Müller, der ihm beigebracht hatte, die Aromen des Lebens auszusieben, und auch an den Fischer, der mit seinen Netzen Augenblicke einfangen wollte.

»Sie werden ja ganz bleich, brauchen Sie mehr Wasser?«

»Ich denke, ich brauche eher weniger von allem.«

»Weniger von was?«

»Weniger von dem, mit dem ich mein bisheriges Leben angefüllt habe. Das Einzige, was mir einst wirklich kostbar war, habe ich verloren oder verspielt.«

»Das Leben gibt und nimmt. Seine Gaben nehmen wir einfach so hin, ohne sie zu schätzen. Und wenn uns das Leben etwas nimmt, was uns viel bedeutet, verzweifeln wir daran und verbittern. Dabei vergessen wir oft, dass uns stets mehr Gutes in der Welt erwartet, als uns Schlechtes widerfahren ist. Wir müssen es nur pflücken. Das ist wie mit dem Weizen. Er wächst von allein, wir müssen ihn nur ernten.«

Verdutzt schaute er die Alte an. Wie kam sie jetzt auf den Weizen? Waren sie sich vielleicht schon einmal begegnet?

In den Furchen ihrer Stirn zeichnete sich nicht nur ihr Alter ab, sondern auch ihre Geschichte. Auch sie musste Hässliches und Schlimmes erlebt haben. Aber es war ihr gelungen, nicht daran zu zerbrechen, sondern sie hatte gelernt, sich dennoch das Schöne und Gute zu pflücken.

50. Kapitel

Am nächsten Tag ging es dem Mann besser. Er fühlte sich gestärkt und kräftig genug, um seinen Weg fortzusetzen und den Vogel zu suchen. Dankend verabschiedete er sich von der Alten. Sie brachen in verschiedene Himmelsrichtungen auf. Warum er sich gerade für die Richtung entschieden hatte, die er einschlug, wusste er selbst nicht genau. Es war nur ein Gefühl, dem er folgte und nun vertraute.

Das Labyrinth seines Lebens, in das er vor seiner Reise völlig verstrickt war, löste sich mehr und mehr wie ein Faden von einer Spule. All die vergangenen Jahre hatte er sich gefühlt wie ein verworrener Wollknäuel. Mit jedem Schritt seiner Reise in Richtung Frühling lösten sich nach und nach die Knoten auf und wurden zum roten Faden seines Lebens.

Die Reise hatte ihn nicht nur aus der Starre, sondern auch aus dem Wirrwarr seiner Vergangenheit befreit. Jetzt kam er dem Geheimnis seines Lebens näher. Wie sich Nebelschleier durch die Wärme der Sonne auflösen, wurde ihm klar, dass er sein Leben viel zu früh aufgegeben hatte. Er hatte sich verhalten wie die Ameise, die glaubte, im Fell des Fuchses festzusitzen und mit ihm zu verenden. »Auch wenn Teile von uns sterben, bleibt doch der größte Teil am Leben und verdient es, lebendig durch die Welt zu spazieren und sich Farben und Blumen am Wegrand zu pflücken«, sagte er zu sich. »Wie habe ich meine Lebenszeit vergeudet! Wie habe ich mein Leben einfach so davonfließen lassen. Statt es zu gestalten, habe ich mich täglich für Unnützes aufgerieben. Erst jetzt begreife ich die Belanglosigkeit vieler Dinge, denen ich nachgerannt bin. Aus Bequemlichkeit bin ich viel zu lange einem Leben nachgegangen, das überhaupt nicht zu mir passte. Gleichzeitig hat es mich so unglücklich gemacht, dass ich nicht gelebt habe. Endlich habe ich verstanden: Wer nicht weiß, wer er ist, tut nicht das, was zu ihm passt, sondern worauf er gerade stößt. Unser Leben muss stimmig mit uns sein. Es muss zu uns passen wie ein Lederhandschuh auf eine Hand. Nur dann ist es echt. Das ist die Kunst des guten Lebens.«

51. Kapitel

Hitze wie in einem Backofen. Kein einziger Vogel kreiste am Himmel, kein Insekt kroch über den Sand. Er stand still und schaute nach links, geradeaus, dann nach rechts. Welche Richtung führte ihn bloß zum Frühling?

Die Wüste erschien endlos. Er ließ sich in den Sand fallen, nahm einen Schluck Wasser aus der Flasche, die ihm die Alte mitgegeben hatte und blätterte in seinem Notizbuch. Er betrachtete seine Aufzeichnungen, die ihm zeigen sollten, welchen Weg er seit Verlassen seines Hauses zurückgelegt hatte. Ein seltsames Bild. Die Zeichnung erschien ihm wie unförmige Jahresringe eines Baumstamms. Bald würde er am zentralen Punkt sein oder wieder irgendwo, wo er schon mal war. Alles hing nun davon ab, welche Richtung er jetzt einschlug.

52. Kapitel

Er musste eingenickt sein. Ein starker Sog riss ihn aus dem Schlaf. Unter ihm tat sich der Boden auf. Ein kräftiger Wirbel zog den Sand in einer spiralförmigen Bewegung nach unten. Alles ging ganz schnell. In der Mitte bildete sich eine trichterförmige Vertiefung, deren Zugkraft so stark war, dass er mitgerissen und tief hinabgezogen wurde. Panisch versuchte er, sich der drehenden Bewegung des Strudels zu widersetzen. Er wusste zwar, dass dies die Gefahr erhöhte, darin zu versinken, aber er wollte sich der fremden Kraft nicht fügen. Alles Rudern und Kämpfen nützte nichts. Binnen weniger Sekunden hatte ihn der Strudel verschlungen.

Dunkel. Stille. Ohnmacht.

Nach einer Weile spürte er seinen Körper wieder. Mit den Händen rieb er sich den Sand aus den Augen. Er versuchte, sie zu öffnen.

Licht. Tatsächlich – Hunderte von Metern tief unter der Erde war es hell. Wie sonderbar. Er prüfte, ob er noch alle Finger, Arme, Beine bewegen konnte. Alles war heil geblieben. Verwundert sah er sich um. Bis zum Bauchnabel steckte er im Sand. Über ihm reichlich leerer Raum. »Leerer Raum«, sagte er zu sich und dachte an den Alten aus dem Restaurant auf der Frühlingsinsel. »Wie wichtig er doch ist, dieser leere Raum. Für mich in diesem Moment lebensrettend, denn gäbe es hier unten keinen leeren Raum, wäre ich jetzt tot. Die Leere gibt mir die Möglichkeit zu atmen.«

Beim Gedanken daran, er hätte sterben können, wurde ihm ganz schwummrig. Er buddelte sich bis zu den Oberschenkeln frei und schaute sich nochmals um. Wo zum Teufel war er?

In der Ferne entdeckte er eine Glaswand. Sie war mächtig. Sein Blick tastete ihren Verlauf ab. Er drehte seinen Kopf so weit er konnte nach rechts, dann seinen Rumpf und schließlich half er mit den Beinen nach und strampelte unter dem Sand, bis er sich einmal ganz um sich selbst gedreht hatte. »Dreihundertsechzig Grad! Ich bin von einer gewaltigen Glaswand umschlossen.« Er grübelte.

Ich im Zentrum. Im Zentrum wovon? Er schaute nach oben, untersuchte den leeren Raum genauer. Das Glas lief nach oben hin trichterförmig zusammen. Am höchsten Punkt wies es eine schmale, runde Mündung auf, die aus der Entfernung betrachtet wie eine stecknadelkopfgroße Öffnung aussah. Nach und nach rieselte noch etwas Sand durch die Öffnung hindurch und tropfte auf seinen Kopf.

»Unmöglich!«, murmelte er, »ich sitze in einem Glaskolben.«

Mit aller Kraft versuchte er, sich vollständig aus dem Sandhügel zu befreien. Mit beiden Händen zog er zuerst sein linkes, dann sein rechtes Bein aus dem Haufen. Doch es half nichts. Seine Füße sanken immer wieder knietief in den Sand ein. Er steckte fest. Im Sand. Im Raum. Im Ende?

»Hallo!«, rief er. Stille. »Ist da jemand? Irgendjemand?« Totenstille. Nur das Rieseln von Sand. Was für ein bizarrer Ort. Er rieb sich die Stirn, die Schläfen, die Augen – was auch nichts änderte.

»Natürlich«, kam es ihm nach wenigen Minuten in den Sinn, »eine Sanduhr! Ich befinde mich inmitten einer Sanduhr. Genau gesagt, im unteren Kolben einer Sanduhr.«

Die Sanduhr war riesig. Ihre Laufzeit musste Jahre oder gar Jahrzehnte betragen. Was hatte das zu bedeuten? Er zog den Beutel mit dem magischen Goldstaub aus der Hosentasche, öffnete ihn und ließ etwas davon in die linke Hand rieseln. Im selben Augenblick schoss ihm durch den Kopf: Meine Lebenszeit!

Im oberen Teil der Sanduhr musste sich seine Vergangenheit befinden, von dort war er schließlich gekommen. Jetzt saß er im unteren Teil fest. Er war verwirrt. War das hier unten die Gegenwart? Die Zukunft? Das Ende? Er ließ den Goldstaub wieder in den Beutel rieseln, schnürte ihn zu und stopfte ihn zurück in seine Hosentasche.

Oder ist alles ganz anders, fragte er sich, und unten ist in Wirklichkeit oben, und irgendwer hat bloß an meiner Lebensuhr gedreht. Sie umgekehrt. Das würde bedeuten, dass ich nun inmitten meiner Vergangenheit, inmitten meiner abgelaufenen Tage hocke, während sich oben im Kolben meine unbekannte oder bereits abgelaufene Zukunft befindet.

Der Mann kniff die Augen zusammen und spähte angestrengt nach oben. Es half nichts. Die Mündung war viel zu weit entfernt und außerdem viel zu klein, als dass er sie hätte einsehen können. Was oben war, blieb ein Geheimnis.

53. Kapitel

Noch immer rieselte Sand aus dem oberen Kolben durch die enge Stelle und tropfte ihm direkt auf den Kopf. Allmählich hörte der Sandregen auf. Das beunruhigte den Mann: Waren das die letzten Tropfen seines Lebens? Sah so der Tod aus – oder gab es noch Zukunft?

Er wusste weder, was das alles zu bedeuten hatte, noch, was er tun sollte. So weit war er gereist, jetzt wollte er zumindest den Schlüssel zum Geheimnis seines Lebens finden, bevor seine Zeit abgelaufen war.

Als ihm das Wort »Schlüssel« durch den Kopf fuhr, kam ihm eine Idee. Vielleicht gab es hier irgendwo eine Tür, die ihn entweder zur Erkenntnis führte – oder wenigstens aus diesem Glaskäfig.

Er schob seine Beine durch Unmengen von Sand, stapfte vorwärts, sank immer wieder knietief ein, bis er endlich die Glaswand erreicht hatte. Das opake Glas gestattete keinen Blick nach draußen. Fest presste er seine Stirn dagegen. Es fühlte sich herrlich kühl an und tat gut, herrschten doch im Kolben noch immer Wüstentemperaturen. Sein Atem beschlug die Scheibe. Jetzt war sie noch undurchsichtiger. Wenn man zu nah dran ist, sieht man noch weniger, dachte er.

Er drehte sich um und lehnte sich gegen die Glaswand. Erneut richtete er seinen Blick nach oben. Nochmals rann ein wenig Sand aus dem oberen Kolben. Er wurde nervös. Er dachte über sein Leben nach. Es war, genauso wie der Sand, einfach so dahingeflossen. Das konnte doch noch nicht alles gewesen sein. Er musste noch seinen Vogel finden!

54. Kapitel

Er drehte sich um und zeichnete mit dem Zeigefinger eine Sanduhr auf das mit Atem beschlagene Glas. »Zwei Trichter«, flüsterte er, als könne man ihn hören. »Der obere beginnt mit einem weiten Raum und läuft nach unten hin immer enger zusammen, bis zum Hals, wo nur wenig Sand hindurchrieseln kann. Unten gibt es einen umgekehrten Trichter, der mit einer Enge beginnt und in einer Weite endet.« Er kratzte sich am Kopf.

»Es beginnt mit Weite und endet mit Weite. Nur in der Mitte, da wird es eng«, murmelte er vor sich hin.

Möglichkeiten!, kam ihm in den Sinn. Genau wie der Sand in der Uhr, haben auch wir im Laufe unseres Lebens Zeiten mit unbegrenzten und Zeiten mit begrenzten Möglichkeiten.

Die trockene Luft ließ seine Zeichnung mehr und mehr verblassen, bis sie ganz verschwunden war. Der Mann überlegte: Wir beginnen unser Leben mit einer Weite an Möglichkeiten in jungen Jahren. Manche nutzen wir, manche vertun wir, manche ziehen an uns vorüber, weil wir uns zu spät dafür entscheiden. Mit den Jahren werden die Möglichkeiten weniger, bis sich uns einige an einem bestimmten Punkt im

Leben endgültig verschließen. Der Flaschenhals. An diesem Punkt angelangt, versteht man, dass nicht mehr alles möglich ist. Manch einer glaubt, er habe das Leben verpasst. Ein anderer glaubt vielleicht, das Falsche daraus gemacht zu haben oder im verkehrten Leben festzustecken, das nun kaum noch Freiheiten lässt, eigene Träume zu verwirklichen. Im Flaschenhals unseres Lebens fühlt es sich verdammt eng, erdrückend und endgültig an. Doch – ein Engpass ist lediglich ein Pass, der eng ist. Keine unmögliche Passage. Nur eng. Wir müssen einfach nur da durch – irgendwie. Auf der anderen Seite finden wir uns dann in einem Ozean neuer Möglichkeiten, weil wir reifer geworden sind und wissen, wer wir sind. Möglichkeiten, wie dieses Meer an Sandkörnern hier.

Er bückte sich, tauchte seine rechte Hand in den Sand und ließ ihn durch die Finger rieseln. Jedes Körnchen steht für eine neue Möglichkeit, dachte er. Je älter wir werden, desto tiefer sinken wir in dieses Meer ein. In unserer Zeituhr. Die Weisheit des Alters bietet wie das Blutjunge ungeahnte Möglichkeiten. Zwar sind es nicht mehr dieselben Möglichkeiten wie früher, nicht mehr die eines Zwanzig- oder Dreißigjährigen, aber es sind neue und ebenso wertvolle Möglichkeiten. Die Möglichkeiten eines Vierzig-, Fünfzig-, Sechzig-, Siebzig-, Achtzigjährigen. Nur die Engstelle zwischen den Kolben, der Flaschenhals, bietet wenig Perspektiven. Dort verschließen sich uns die einen, während sich uns die anderen noch nicht geöffnet haben.

Er dachte an seinen Irrweg am Anfang der Reise: Niemals im Leben wird uns so viel verschlossen sein, dass nicht noch unendlich mehr Möglichkeiten auf uns warten.

55. Kapitel

Er schaute nach oben in den leeren Raum. Die beiden gegeneinandergestellten Kolben und der Sand darin machten zwar die Sanduhr aus, aber ohne den leeren Raum könnte der Sand nicht fließen. »Achte den leeren Raum«, hatte der Alte in der Gaststätte gesagt. »Möglichkeiten Raum zu schenken ist genauso wertvoll wie Erreichtes.«

Irgendwo musste es einen Ausgang geben. Er folgte der Glaswand. Immer wieder sanken seine Beine knietief in den Sand ein. Er wollte keine Zeit mehr verlieren.

Trotz Widerstand stapfte er immer schneller voran. Auf einmal rutschte das Ledersäckchen mit dem Goldstaub aus seiner Hosentasche. Noch im Fallen öffnete sich der Bund, den der Mann offenbar nicht fest genug verschnürt hatte, und der feine Goldstaub rieselte in den Sand, nur noch der leere Zettel steckte im Täschchen. Panisch bückte sich der Mann und versuchte, den feinen Staub wieder einzufangen. Vergeblich. Mit jedem Versuch, etwas davon zu schnappen, verteilte er sich mehr und mehr im Sand, bis sich die feinen Goldkörnchen schließlich nicht mehr vom einzelnen Sandkorn unterscheiden ließen. Das

Gold war verloren. Er war verloren. Schweiß tropfte von seiner Stirn. In der Hast hatte er den Wegweiser zu seinem neuen Leben fallen lassen. Wie sollte er je den Frühling ohne den magischen Goldstaub finden? An jedem Knotenpunkt seiner Reise hatte ihn dieser Zauber in die richtige Richtung geführt. Und nun?

Hastig wischte er nochmals mit den Händen über den Sand. Müßig. Auch bei genauem Hinsehen unterschied sich das Glitzern des Sandes nicht vom Glänzen des Goldes. Er konnte nicht erkennen, was Sand und was Goldkörnchen waren.

56. Kapitel

Nur eine Sekunde hatte der Mann nicht aufgepasst. Eine einzige Sekunde hatte ihn seinen Goldstaub gekostet – seinen ihm noch einzig wichtigen Besitz. Jetzt hatte er alles verloren.

Ein energischer Fluch kam über seine Lippen. »Es ist doch immer diese eine Sekunde. Diese eine Sekunde, die uns plötzlich alles entreißen kann. Diese eine Sekunde, die unser Leben trennt von Augenblicken des Glücks oder von Momenten des Unglücks.« Er schaufelte mit den Händen im Sand.

Eine einzige Sekunde ist es meist, in der wir unwiderrufliche Fehler machen, deren Konsequenzen uns ein Leben lang begleiten. Eine einzige Sekunde. Ein so kurzer Moment kann uns jahrelange Schwere aufbürden, uns die Flügel von den Schultern reißen. Im Kopf ließ er Szenen aus seinem Leben vorbeiziehen. Eine einzige Sekunde braucht es aber auch nur, unser Leben in neue Farben zu streichen und es zu einem besseren zu machen. Nur Zentimeter trennen dich von deinem Glück.

Er ließ den Sand zwischen den Fingern zerrinnen. Dann rieb er die Handflächen gegeneinander. Ganz weich fühlten sie sich jetzt an.

Er stand auf. Vor ihm eine Tür. Hastig drückte er die Türklinke nach unten. Es tat sich nichts. Er versuchte es nochmals, mal mit einer ganz feinen Bewegung, mal mit einem kräftigen Stoß. Die Tür sprang nicht auf. Sie blieb verschlossen.

Verzweifelt drehte er sich um und lehnte den Rücken an die Tür. Dann klappte er in sich zusammen wie eine Marionette, die man fallen lässt. Er war gefangen. Gefangen in einer Sanduhr. Gefangen in seiner Lebenszeit.

Er beschloss, seine Wirklichkeit zu akzeptieren. Endloses Grübeln darüber verbesserte die Lage ja nicht. Er kramte in seiner Hosentasche nach dem Notizbuch. Sollte er sich jemals aus dieser Sanduhr befreien können, wollte er das Leben anders anpacken. Er schrieb: »Wähle die Momente und die Menschen, die du in deinem Leben haben willst, sorgfältig aus. Überlege dir gut, was und wer es wert ist und einen Teil deiner kostbaren Lebenszeit verdient. Zeit für die falschen Dinge bedeutet Zeitverlust für die richtigen. Jemandem Zeit zu widmen ist das größte Geschenk, das du machen kannst. Sei dabei nicht irrtümlicherweise zu großzügig. Meiden solltest du laute, aggressive Menschen und Unzufriedene, die über alles und jeden jammern. Sie sind eine Qual. Wenn du sie in dein Leben lässt, übertragen sie ihr Gift unweigerlich auf dich und stören deinen Seelenfrieden. Sie sind

Feinde deiner inneren Ruhe und Gelassenheit. Ziehe dich regelmäßig zurück, um deine Beziehungen mit anderen Menschen zu prüfen.«

Sein Kopf fiel auf die Brust, und der Stift glitt ihm aus der Hand.

57. KAPITEL

Ein leises Klopfen weckte ihn. Er hob seinen Kopf und rieb sich die Augen. Er schaute sich um. Niemand. Totenstille. Dann wieder ein verhaltenes Klöppeln ans Glas. Der Mann klappte sein Notizbuch zu und steckte es zurück in die Hosentasche. Wieder ein Pochen. Der Mann erhob sich und drehte sich um. Mit einem Mal löste sich die milchige Trübung des Glases auf. Es wurde durchsichtig. Draußen wolkenloser Himmel. Der Mann trat näher an die Glaswand heran und spähte hindurch.

Da war er! In vornehmer Gestalt war er gekommen: sein Vogel. Mit aufgefächertem Gefieder flatterte er jenseits der Glaswand auf der Stelle. Auch aus der Nähe betrachtet, verlor sich das Geheimnisvolle seines Wesens nicht.

Nun befanden sie sich einander direkt gegenüber. Der Mann und der Vogel. Das Einzige, was sie noch trennte, war das Glas. Dem Mann war, als würde ihm der Vogel direkt ins Herz sehen.

Der wundersame Vogel trug etwas im Schnabel. Der Mann presste seine Nase so dicht er konnte an die Scheibe, aber es gelang ihm nicht, auszumachen, was es war. Der Vogel fächerte seine Schwingen auf und ab. Was für ein Farbenspiel! Dann öffnete er den Schnabel. Ein sachtes Klirren ertönte, als ein Stück Metall an der Scheibe anschlug und schließlich zu Boden fiel. Der Vogel flatterte weiter.

Die Leuchtkraft des Gefieders war überwältigend. Selbst die feinen Sandkörner im Glaskolben reflektierten den Glanz und blitzten auf wie ein Teppich voller winziger Feuerwerke. Der Lichtregen blendete den Mann so sehr, dass er nicht sichten konnte, was der Vogel fallen gelassen hatte.

Der Vogel ließ sich nieder. Der Mann bückte sich. Wieder waren sie einander direkt gegenüber, der Vogel und er. Der Vogel klemmte das Stück Metall wieder in den Schnabel und hielt es dem Mann direkt vor die Nase. Jetzt erkannte er, was es war: Ein Schlüssel glänzte auf. Der Schlüssel zur Zukunft, schoss es dem Mann durch den Kopf. Dann ließ der Vogel den Schlüssel wieder fallen und hackte mit dem Schnabel mehrmals kräftig gegen die Glasscheibe.

Plötzlich zersprang das Glas. Tausend kleine Scherben fielen wie Kristalle zu Boden und hinterließen ein Loch in der Wand, ein Loch, gerade groß genug für die Hand des Mannes. Er streckte sie so weit wie möglich hindurch und tastete nach dem Schlüssel. Doch er erwischte ihn nicht. Seine Hand ruderte im leeren Raum.

Ein letztes Mal schlug der Vogel mit seinen Schwingen. Dann faltete er seine Flügel zusammen und gab dem Schlüssel dabei einen kräftigen Schubs, sodass er direkt in die Hand des Mannes glitt. Augenblicklich packte der Mann den Schlüssel und zog die Hand zurück. Er richtete sich auf und betrachtete den Schlüssel genauer: Der Halm war lang, am Ansatz leicht verdickt, der Bart hatte vier Zacken, die Räute hatte die Form eines dreiblättrigen Kleeblatts und war mit einer grünen Schlüsselquaste verziert. Er kannte diesen Schlüssel!

Er steckte ihn ins Schloss. Der Schlüssel passte. Eine Drehung, und schon sprang die Tür des Glaskolbens mit einer solchen Wucht auf, dass der Sand mit gewaltigem Druck hinausgespült wurde. Die Lawine riss den Mann mit sich.

58. Kapitel

Am Fuße eines Hügels kam der Sand zum Liegen. In der Morgensonne schimmerten die Körner wie Perlmutt. Der Mann steckte seinen Kopf aus dem Sand wie ein Krokus im Frühling. Dann buddelte er sich frei und kroch heraus. Der wundersame Vogel war verschwunden.

Hier draußen war es kühler als im Kokon aus Glas. Nicht mehr der heiße Wüstenwind, sondern eine milde Brise zog über das Land. Der Mann sah sich um. Die Gegend kam ihm bekannt vor. Hier musste er schon einmal gewesen sein. Er stand auf und klopfte sich den Sand von den Kleidern, schüttelte ihn aus dem Haar. Im selben Moment hörte er eine ihm vertraute Stimme.

»Wie war die Reise, mein Freund?«

Der Mann drehte sich um. Der Müller war gerade dabei, das Rad seiner Mühle zu reparieren.

»Warum reparierst du die Mühle?«, fragte der Mann. »Außergewöhnliches passiert nicht allzu oft«, antwortete der Müller, und beide Männer lachten.

»Ich habe meinen Goldstaub verloren.«

»Du brauchst ihn nicht mehr«, antwortete der Müller.

»Ich bin wieder da angekommen, wo meine Reise begonnen hat. Ohne Gold und ohne Vogel. Wie soll ich je den Frühling finden ohne die Magie des Goldstaubs und ohne den Zauber des Vogels?«

»Du bist ein anderer geworden.«

»Das Gold war mein Wegweiser.«

»Der Goldstaub hat nur die Eigenschaften, die du ihm gibst. Nicht er, sondern du bist Magie«, sagte der Müller und lächelte. »Der Goldstaub hat dir weder die richtigen Einsichten noch besondere Eingebungen geschickt. Alles, was war, ist aus dir selbst gekommen. Aus dem Glauben an dich selbst. Der Goldstaub hat dir nur dabei geholfen, dir selbst zu vertrauen. Manchmal braucht man Halt im Äußeren, um ihn im Inneren zu finden. Und nun geh nach Hause. Es ist Zeit.«

59. KAPITEL

Zu Hause angekommen, fand er ihn, den Frühling. Im eigenen Garten. Und als er ein letztes Mal sein Notizbüchlein aus der Tasche zog, um nochmals den Weg zu betrachten, den er auf seiner Suche zurückgelegt hatte, entdeckte er, dass dieser Weg genau seinem Fingerabdruck entsprach.

Sein Fingerabdruck war die Gebrauchsanweisung für sein Leben. Die Anleitung, die er in der Vergangenheit dringend gebraucht, aber immer woanders gesucht hatte. Seine Antwort auf die Frage, was ein sinnhaftes und volles Leben ausmache. Seine Antwort auf den Frühling.

Auf einmal verstand er, dass er den Großteil seiner Zeit damit vertan hatte, sich an anderen zu orientieren und jemanden im Außen zu suchen, der ihm sagte, wie das gute Leben zu führen sei. Er hatte bei den anderen gesucht, was er nur bei sich selbst finden konnte.

Sein Schatz, der Frühling, lag schon immer in ihm selbst verborgen. Er hatte nur nie an der richtigen Stelle danach geforscht.

Er schritt durch den blühenden Garten und betrachtete die Bäume. Unter der Birke lag noch immer der markante Stein, den er von seinem Vater bekommen hatte und der ihn daran erinnern sollte, sich Ecken und Kanten zu bewahren, den eigenen Weg zu gehen und sich nicht an anderen glattschleifen zu lassen. Ein Lächeln huschte ihm über das Gesicht. Es war ihm doch etwas von seinem Vater geblieben. Etwas Einzigartiges.

Er sah sich um, und ihm fiel auf, dass die Magnolie nicht blühte – als einziger Baum im Garten. Wie konnte das sein? Er ging auf sie zu.

Als er die Knospen mit seinem Finger berührte, brachen sie in voller Blüte auf. Sanft rieselte der Duft des Frühlings von den Zweigen herab.

Zum ersten Mal in seinem Leben stand der Mann verwurzelt auf der Erde. Zum ersten Mal fühlte er sich mit der Welt verbunden.

Und der Vogel? In einer alten Sage erzählt man sich, der Vogel sei nur die Seele des Mannes, die ihm vorausgeeilt ist, damit er seinen eigenen Weg, den Frühling und eine Heimat bei sich wiederfinden konnte.

»Im Leben braucht man beides: Wurzeln und Flügel«, sagte er zu sich, als er den leeren Zettel aus dem Lederbeutel zog, den er im Ei gefunden hatte. Und da standen sie geschrieben, sie waren alle wieder da – seine Träume.

Dann schwang er sich auf, breitete seine Flügel aus und flog davon.

Begeisterte Stimmen

»Die Autorin zaubert eine Schule des Lebens aufs Papier. Fast ein Wunder: So viel Magie steckt in Vernunft!«

Wolfgang Herles

»Dieses faszinierende Buch beschreibt auf berührende Weise die Suche nach sich selbst auf den irreführenden Straßen des Lebens. Es erzählt von Träumen, verpassten Chancen und neuen Möglichkeiten.«

Manfred Lütz

»Eine poetische Glücksuche.«

Roger de Weck

»Dieses Buch nimmt uns mit auf eine wunderbare Reise, an deren Ende die Erkenntnis steht: Was das Leben an Schönem für uns bereithält, erfahren wir oft erst, wenn wir die gewohnten Wege verlassen. Lesen Sie sich glücklich!«

Kai Diekmann

»Spannend, berührend und im wahrsten Sinne des Wortes fabelhaft führt dieses Buch in eine andere Welt. Diese einzigartige Geschichte beginnt mit einer Sehnsucht, die wir alle haben. Und endet mit einem Weg, den nur wenige finden – den eigenen.«

Jean-Remy von Matt

»Ein modernes Märchen – eine zauberhafte Anleitung zur Gelassenheit.«

René Scheu

»Eine Zauberwelt von der ersten Seite an. Ein berührendes Buch, das einen nicht mehr loslässt.«

Willi Weitzel